ROGUE PRINCE - DYLAN

VERSIONE ITALIANA

KYLIE GILMORE

Traduzione di
MIRELLA BANFI

Copertina di: Michele Catalano Creative

Traduzione di: Mirella Banfi

Pubblicato da: Extra Fancy Books

ISBN-13: 978-1-64658-041-5

1

—————

Qualche giorno dopo Natale, Isola di Villroy.

Dylan

Come diavolo sono finito qui? Indosso uno smoking a noleggio in un fottuto salone da ballo sull'isola di Villroy per il matrimonio del principe Adrian. Io, Dylan Rourke, un operaio edile di Brooklyn, New York... in un salone da ballo.

L'intero palazzo è un monumento alla ricchezza e allo status sociale. Tutta la gente che c'è sembra altrettanto scintillante, indossa roba firmata, dalla testa ai piedi. I gioielli, dalle tiare, alle collane, ai braccialetti e agli anelli, luccicano alla luce dei lampadari.

«Avremmo dovuto indossare i nostri gioielli per questa gente» borbotta Sean sottovoce. È mio fratello, di due anni più giovane e siamo molto uniti.

Nascondo un sorriso e dico sottovoce: «Collane d'oro con il simbolo del dollaro ci avrebbero fatto ambientare immediatamente»-

Ridacchiamo, riceviamo qualche occhiataccia e torniamo seri. Sono quasi sicuro che i nostri nonni si siano appena rivoltati nelle loro tombe. Vedete, tecnicamente siamo principi e Adrian è nostro cugino. L'ho incontrato solo di recente, dato che la sua famiglia aveva esiliato la mia per fatti accaduti prima che noi nascessimo. Questa, in un certo senso, è una missione di pace. E sta andando esattamente come ci si potrebbe aspettare.

I miei cinque fratelli e io siamo riusciti a far piombare nel silenzio un intero salone pieno di gente. Siamo l'elefante nella stanza... ex-esiliati, nati da un'unione scandalosa.

Siamo allineati da un lato del salone mentre tutti gli altri appartenenti alla famiglia con cui non avevamo contatti sono dall'altra parte e ci stanno fissando. Stiamo aspettando che gli sposi arrivino da dove stanno facendo le foto. Il silenzio sbalordito probabilmente è dovuto al fatto che i miei fratelli e io non avevamo accettato l'invito al matrimonio. È stata una decisione dell'ultimo minuto, quindi siamo arrivati in tempo solo per il ricevimento. C'è stato un piccolo inciampo quando abbiamo tentato di entrare nel palazzo, ma ho chiesto che facessero venire nel foyer mia cugina Silvia perché garantisse per noi.

Avevo conosciuto Silvia quando si era trasferita negli Stati Uniti per il college. Bisognerebbe avere un cuore di pietra per non volerle bene. Mi ha tormentato per convincermi a partecipare a questo matrimonio con i miei fratelli, insistendo che toccava a noi, la nuova generazione, fare il duro lavoro di riunire le famiglie. C'è un mucchio di sangue cattivo tra di noi. Mio padre aveva dovuto cominciare da zero a Brooklyn, dopo essere stato educato per diventare re ed essere poi stato esiliato. Era stato difficile per lui, veramente difficile. Ed è ancora amareggiato.

È stato Sean a convincermi, alla fine, che avremmo dovuto presentarci qui. Il suo ragionamento è giusto. Se siamo stati invitati a un matrimonio a Villroy, significa che l'esilio è stato revocato. E se l'esilio è stato revocato, allora magari i nostri interessi commerciali possono andare di pari passo con quelli dei nostri ricchi cugini della famiglia regnante. Tutte le loro imprese hanno avuto un notevole successo, dalla produzione di cosmetici, alla day-spa, al casinò. Non sono venuto a elemosinare, ma se, – ed è un grosso se – ci sarà una riconciliazione, magari re Gabriel può farci un prestito per permetterci di cominciare a ristrutturare case nel tempo libero. Il mercato immobiliare è quel che è a Brooklyn e Sean e io vogliamo espanderci oltre le costruzioni. L'avremmo ripagato con gli interessi. Per i nostri regali cugini sarebbe praticamente stato come diversificare e avrebbero avuto un piede sia a Villroy sia a Brooklyn. Mio padre ha insistito molto sulla faccenda del prestito, dicendo che era ora che la nostra famiglia ottenesse la compensazione che non aveva mai avuto.

Ora che sono qui ho dei seri dubbi. Alcuni degli ospiti più anziani ci stanno guardando dall'alto in basso. Probabilmente conoscevano mio padre, che si è rifiutato di rimettere piede a Villroy, date le circostanze. C'è gente che sta sussurrando, scandalizzata. Ci stanno guardando tutti come fossimo animali allo zoo.

Allargo il colletto della camicia bianca, con una goccia di sudore che mi scorre lungo la schiena. I miei fratelli si agitano a disagio accanto a me. Nessuno finora ha contestato il nostro diritto di essere qui, ma ci sono membri della sicurezza tutti intorno alla stanza. Tipi dall'aspetto da duri, con gli auricolari, vestiti completamente di nero. Probabilmente sotto le giacche sono armati. Ci sbatteranno fuori se alcuni delle generazioni più anziane si impunteranno? Non penso che tutti approvino la nostra presenza. Forse ci getteranno nelle segrete. Papà ce ne aveva parlato.

Do un'occhiata ai miei fratelli, che sembrano cupi. Andando in fila, dal più vecchio al più giovane, ci siamo io, Sean, Jack, Connor, Brendan e Garrett. La maggior parte di noi ha i capelli scuri e gli occhi azzurri, eccetto il più giovane, Garrett, che li ha color verdeazzurro come nostro padre. A quanto dicevano, gli occhi verdeazzurri sono il segno dei veri sovrani di Villroy, solo che non ha funzionato molto bene per mio padre.

Gli sposi entrano finalmente nel salone da ballo, spezzando la tensione e si leva un "Urrà!", con tutti che battono le mani e urlano congratulazioni.

Adrian, che potrebbe passare per uno dei miei fratelli, con i suoi folti capelli scuri, zigomi alti e mandibole squadrate, alza una mano. «Grazie per essere venuti a festeggiare con noi.» Poi i suoi occhi si posano su di noi. «E un grazie speciale ai miei cugini, volati fin qua da New York.»

Gli rivolgo un cenno con la testa. E poi Adrian mi sorprende, dirigendosi verso di noi con la sua sposa, Sara.

«Dylan, è bello vedervi qui» dice, offrendomi la mano. Ci eravamo incontrati brevemente a Brooklyn, qualche mese prima. È il gemello di Silvia, motivo per cui avevo accettato di incontrarlo in primo luogo.

Gli stringo la mano, ben consapevole che la stanza è ripiombata nel silenzio. «Certo, grazie.» Non riesco a dire che sono lieto di essere qui perché è maledettamente imbarazzante essere il paciere che proviene da una famiglia esiliata.

Mi presenta a Sara e io, a mia volta, presento i miei fratelli.

Silvia appare al mio fianco. «Sono così felice che siate qui!» Mi abbraccia, dandomi una stretta ed è la seconda volta che mi abbraccia oggi. La prima volta è stato nel foyer, dove ha dovuto farci superare la sicurezza. È impossibile non voler bene a questa ragazza, quando lei mi adora.

L'abbraccio anch'io. «Sapevo che non me l'avresti fatta passare liscia se fossi mancato.»

«E avresti avuto ragione.» Sorride radiosa e si rivolge ai miei fratelli, abbracciandoli uno dopo l'altro. Doppi abbracci a tutti quanti. Mi viene in mente di colpo che ci sta abbracciando lì, nel salone, per dimostrare a tutti che la famiglia reale ci ha accettato. Astuta. «Venite, vi presento al resto della nostra famiglia.»

Ci presenta innanzitutto alla nostra prozia e prozio, che si rifiutano di stringermi la mano.

«Gentaglia» dice il non tanto gentile prozio, arricciando le labbra.

Mi infurio e stringo i denti. È così che ci chiamava questo lato della famiglia dopo l'esilio in poi. *Gentaglia*. Nostro padre ce l'aveva detto, ma è diverso sentirmelo dire in faccia. Pensano che siamo inferiori a loro.

«Io sono fiera di dire che fanno parte della mia famiglia» dice seccamente Silvia. «Mi accerterò che re Gabriel e la regina Anna sappiano che tipo di benvenuto avete dato ai nostri onorati ospiti.»

Ci voltano le spalle e così fanno parecchie altre coppie accanto a loro. Un modo vecchia scuola di mostrare il loro rifiuto. Fottuti stronzi. Non mi meraviglia che il mio vecchio sia così amareggiato.

Silvia è irritata e arrossisce violentemente. «Venite, vi presenterò alla parte migliore della famiglia.»

Attraversa la stanza, diretta al tavolo d'onore. I miei fratelli e io la seguiamo lentamente. Venire qua è stato un errore. Non so perché Silvia abbia pensato che saremmo stati accettati. E lì c'è re Gabriel, seduto a capotavola, rigido ed estremamente corretto. Avrei potuto essere io. Sono il principe ereditario, primogenito dell'uomo che avrebbe dovuto essere re. Sono nato un anno prima di Gabriel. Il trono è mio di diritto. So che non è colpa di Gabriel. Tutta questa faccenda è successa prima che nascessimo e sinceramente non riesco a immaginare di sopportare di avere a che fare con tutta questa pompa reale ogni sacrosanto giorno. Sono un tipo alla mano, pratico.

«Questo salone da ballo è folle» dice sottovoce Sean. «Mi sembra di essere sul set di un film. Sai, quei film storici, da donne. Fanno veramente balli di sala qui? Perché *non* fanno parte del mio repertorio.»

«Non preoccuparti. Nessuno vuole ballare con te.»

Lui sogghigna, guardandosi attorno. «Ho ricevuto *lo sguardo* da parecchie delle donne.»

«Stai ricevendo *lo sguardo* da tutto il salone perché sei un reietto.»

Sean gonfia il petto. «Essere un reietto mi rende solo più attraente. Sono il frutto proibito. Devo solo aggiungere il mio straordinario fascino e mi mangeranno in palmo di mano.»

«Tienilo nei pantaloni.»

«Sicuro?» risponde lui, malizioso. Poi, a bassa voce: «Mi sa che è meglio. Non so con chi sono imparentato».

Reprimo un gemito. Il salone sembra veramente il set di un film, oppure forse la sala di un museo. È enorme, con pavimenti di legno intarsiati, tappezzeria con un disegno di foglie d'oro, lampadari d'oro e cristallo e soffitti affrescati.

Arriviamo al tavolo d'onore, con una fila di sedie di

velluto rosso, con lo schienale alto. Al centro ci sono la sposa e lo sposo. Le altre sedie sono per il re e la regina e gli altri componenti del corteo nuziale, che sono i miei cugini e una donna che assomiglia alla sposa, probabilmente sua sorella.

Silvia mi sorride dolcemente e non posso fare a meno di rilassarmi un po', davanti al suo calore. Mi mette una mano sulla spalla e si alza sulla punta dei piedi per sussurrarmi all'orecchio: «Usa "Maestà" per rivolgerti al re e alla regina».

È seria? Come tutta conferma emetto una specie di grugnito.

La guardo mentre fa la riverenza e china la testa davanti al re e alla regina. Com'è strano che debba farlo al suo stesso fratello. «Re Gabriel, regina Anna, posso presentarvi nostro cugino? Questo è Dylan Rourke. È stato un buon amico per me negli Stati Uniti, fin dai miei giorni a Yale.» Si volta verso di me, con un sorriso radioso. «Sono già sette anni, giusto?»

Le sorrido anch'io. «Giusto.» Mi volto verso Gabriel, per vedere che tipo di benvenuto mi riserverà. Lui si alza lentamente, ci guardiamo negli occhi: stessa altezza e stesso fisico. Ha un'espressione dura. Forse si rende conto che, venendo meno l'esilio, ho una pretesa legittima sul trono. Per lui sono una minaccia.

Gli restituisco lo sguardo senza battere ciglio.

Sua moglie, Anna, si alza e indica la mia mandibola. «Mi ricordi tanto Gabriel con le mascelle strette in quel modo.» Dà un'occhiata a suo marito. «Sei esattamente così quando sei stressato o irritato.»

Io cerco di rilassare le mascelle perché non sono né stressato né irritato, ma so perfettamente che non è il caso di dimostrare debolezza quando si affronta un altro uomo.

Anna gli dà una gomitata nel fianco. Lui le dà un'occhiataccia prima di tendermi la mano. «Benvenuto a Villroy, cugino.»

Gli stringo anch'io la mano. «Grazie.» Non riesco a tirar fuori il *Maestà*. È troppo pomposo. Lui non è superiore a me. Siamo uguali. Di famiglia.

Anche Anna mi stringe la mano. È giovane, con lunghi capelli ricci e occhi castani scintillanti. «Aspettavo da tempo questa riunione. I Rourke sono più forti insieme ed era decisamente ora di ricucire lo strappo tra le famiglie.» Sorride a me e poi a Gabriel, che le rivolge un sorriso indulgente.

Non sorrido perché sappiamo tutti chi ha la colpa di questo strappo: la loro famiglia. Poi mi ricordo qual è il mio ruolo qui, quello di paciere, e annuisco.

Ora che ho visto questo posto, posso solo immaginare lo shock culturale che ha subito mio padre. Niente servitori pronti a soddisfare ogni suo bisogno, niente dorature e luccichio. Solo uno stile di vita da classe lavoratrice, cercando di provvedere alla sua famiglia che si espandeva. Mio zio lo aveva assunto per tenere i libri contabili per la sua ditta di costruzioni e mio padre si era fatto in quattro per imparare tutto quello che poteva in quel campo. Non mi meraviglia che sia amareggiato. Avrebbero almeno potuto concedergli un vitalizio. Un modo per addolcire il colpo.

«Più tardi dobbiamo parlare» dice Anna. «Vieni a trovarci dopo il taglio della torta.»

Mi irrigidisco, immediatamente all'erta. Parlare di che cosa? Sono io quello che ha un piano. Che cosa possono volere da me? Certo, Anna è tutta un sorriso, ma Gabriel non è esattamente caloroso. Mi isoleranno ed elimineranno la minaccia. È il classico gioco sbirro buono/sbirro cattivo. Forse sono paranoico, ma le circostanze sono estreme.

Faccio un cenno di conferma ad Anna e proseguo lungo la linea per presentarmi al resto dei miei cugini. Sento Silvia dietro di me che presenta con la dovuta pompa i miei fratelli al re e alla regina. I miei cugini, quattro principi e una principessa, sono educati, ma sembrano un po' rigidi. Sono certo che non possano farne a meno, visto che sono membri della famiglia reale. Papà dice che c'è un rigido protocollo reale che deve essere seguito. Silvia è l'eccezione, probabilmente perché è la più giovane e ha passato tanto tempo negli Stati Uniti.

Mi presentano all'ex regina, la donna che ha preso il posto di mia madre a capo del regno. È regale, come se portasse ancora una corona, anche se ha abdicato alla morte del marito. Probabilmente è poco più che cinquantenne, come mia madre, ha i capelli castano scuro raccolti in uno chignon e un'espressione piacevole. «Salve, sono Alexandra e voglio ringraziarvi per essere venuti. Il mio defunto marito sperava in una riconciliazione.»

Non so che cosa dire. Suo marito, lo zio che non ho mai conosciuto, è morto a soli cinquantaquattro anni. Mio padre si era sentito malissimo per aver ignorato i ripetuti inviti di suo fratello a fargli visita, quando la sua vita stava per finire. Io ritenevo che suo fratello avrebbe potuto accennare al fatto che stava morendo, ottenendo un risultato diverso, ma, a quanto pareva, la sua malattia doveva essere tenuta nascosta. Che ne so io del rigido codice di un re?

Alla fine, mi decido a dire. «Mi dispiace, ci siamo solo noi.»

«Non è il caso di dispiacersi. Era una situazione difficile per tutti.» Le brillano gli occhi per le lacrime. «Ero parte di un matrimonio combinato con il futuro re di Villroy. Quando tuo padre ha abdicato, ho sposato suo fratello al suo posto. Per favore, porta il mio grazie a tuo padre per avermi dato mio marito.» Sbatte le palpebre per mandar via le lacrime. «Eravamo molto uniti.»

Ondeggio sui talloni delle mie scarpe eleganti, a disagio per le sue lacrime e anche sorpreso che voglia ringraziare mio padre. Lui era stato obbligato ad abdicare al trono per poter sposare mia madre, una borghese. All'epoca era stato un grande scandalo. Non era mai successo nella storia del regno. Pensavo che qui tutti fossero furiosi che mio padre avesse abdicato. Altrimenti perché la sua punizione era stata così severa? Era stato esiliato con solo gli abiti che aveva addosso.

«Certo, gli porterò il messaggio» dico.

Lei sorride. «Grazie. Sembra che tu venga da una famiglia vasta come la nostra. Siete uniti?»

«Sì.» Guardo la fila di quei testoni dei miei fratelli che si stanno comportando al meglio nei loro smoking e sorrido. «Sono venuti su bene.» Lavoriamo tutti nella ditta di mio zio, la Byrne Costruzioni, quindi ci vediamo costantemente.

Dopo le presentazioni, un cameriere ci accompagna al nostro tavolo, dove ceniamo in modo formale, con porcellane eleganti decorate con lo stemma reale: un leone coronato e sotto il mare e un pesce. Lo riconosco dalla ricerca online che ho fatto. Quando ero un bambino, nelle brutte giornate mi dava una certa soddisfazione sapere che in segreto ero membro di una famiglia reale. Cercate di dire a un amico, a Brooklyn, che sei veramente un principe e probabilmente riceverai un pugno in faccia. I miei fratelli e io lo tenevamo per noi, ma ne eravamo segretamente orgogliosi.

Una parata continua di camerieri si alterna nel salone da ballo, portando vassoi coperti da campane d'argento. Il cibo è quello gourmet, particolare, che servono in quei ristoranti di lusso: caviale, tonno scottato con insalata di alghe, aragosta, purè di patate con tartufo. So che cosa sono perché il cameriere annuncia ogni piatto quando alza la campana con un gesto teatrale. Posso solo immaginare il costo esorbitante di questo ricevimento, con tutta la gente che c'è. Ci devono essere almeno un centinaio di persone che si abbuffano.

Quando finiamo di mangiare, l'orchestra suona un valzer per gli sposi. Sembrano usciti da un film per il modo in cui ballano, guardandosi negli occhi. Sean mi guarda alzando un sopracciglio. *Sì, sì, ballo da sala in un salone da ballo.* Immagino che si sia obbligati a prendere lezioni di ballo, quando si è un principe. Lieto di aver invece fatto sport. Seguono altri valzer quando gli altri membri del corteo nuziale si uniscono e poi tutti gli altri. Noi restiamo seduti e guardiamo. Mi viene quasi voglia di fare una passeggiata fuori, ma fa freddo ed è buio pesto. Sembra che abbiano qualcosa contro i lampioni in questo posto. Dato che il palazzo è in cima a una collina al centro dell'isola, potrei accidentalmente cadere da una scogliera o roba simile.

Dopo un po', la gente si siede di nuovo per il taglio della torta. Guardo la coppia felice che si scambia forchettate di torta e sento una fitta al petto. Non li conosco nemmeno così bene, ma l'amore tra di loro è chiaro come il giorno. Non mi dispiacerebbe che una donna mi guardasse in quel modo, come se fossi il suo eroe. La maggior parte delle donne mi guarda con un sorriso civettuolo, che significa solo che sperano di divertirsi. Voglio qualcosa di più, ed è probabilmente il motivo per cui non corteggio una donna da un po'.

Mi sono stancato della sensazione di vuoto che lascia condividere solo una notte o due. Come se fossi un pezzo di carne sexy, e lo sono, ovviamente, ma comunque... Voglio qualcosa di *vero*. Sono cresciuto in una grande famiglia felice e mi sono sempre visto in quel modo, in futuro. I miei genitori sono un esempio perfetto di quando le cose sono giuste. Il problema è che non ho mai incontrato la donna giusta.

La regina Anna si ferma al mio tavolo. «Dylan, puoi venire con me?»

Mi alzo, sentendo gli occhi dei miei fratelli su di me. Avevo detto loro dell'incontro con i reali, nel caso non fossi tornato. L'avevo detto come se stessi scherzando, ma la sensazione di nervosismo che provo adesso mi dice che forse è un bene che lo sappiano. «Certo.»

Anna mi indica di seguirla verso l'uscita, un'arcata aperta dove Gabriel ci aspetta con una guardia dall'espressione impassibile. Niente di preoccupante nell'avere una guardia armata alla riunione, giusto? Adesso chi è paranoico?

«Ti farò da guida turistica mentre andiamo alla sala delle udienze» dice allegramente Anna.

La sala delle udienze. Non sono sicuro di che cosa sia, ma ha un suono minaccioso. Ci sarà un pubblico che assiste alla mia esecuzione? No, non arriverebbero a tanto. Probabilmente solo una minaccia, di non *pensare* nemmeno di cercare di prendere il trono.

Do un'occhiata a Gabriel, la cui espressione severa non rivela niente. Il comportamento vivace di Anna è talmente in contrasto con quello di Gabriel che non posso fare a meno di pensare che stiano veramente giocando allo sbirro buono e quello cattivo.

«Hai visto il grande foyer mentre entravi» dice Anna, indicando in quella direzione. «Ricordo che la prima volta in cui l'ho visto sono rimasta senza parole. È così maestoso, giusto?» Lei non è rigida e impettita come gli altri reali. È giovane e americana. Ironico perché mia madre una volta era la giovane americana innamorata del principe ereditario. Se la famiglia reale fosse stata più aperta allora, mia madre avrebbe potuto essere al posto di Anna. Ma allora sarei cresciuto qui e non sarebbe stato così divertente. Da ragazzo, i mei fratelli e io scorrazzavamo liberi per tutto il vicinato. Non credo che Gabriel abbia potuto farlo un solo giorno della sua vita.

Annuisco. «Due piani di marmo bianco... Sì, è decisamente maestoso.»

Anna sorride. «Mi piace il tuo accento di Brooklyn. Così genuino.»

Do un'occhiata a Gabriel per vedere come prende quell'osservazione. Non credo che "genuino" sia un complimento. Vedo le sue labbra che si curvano appena appena.

Mi rivolgo ad Anna. «Voi parlate in modo molto corretto qui, quindi immagino che sia per quello che appaio... genuino.»

«È una buona cosa» dice Anna, mettendomi una mano sul braccio. «Mi piace la gente genuina.»

Camminiamo lungo un corridoio con alte finestre con i vetri smerigliati e pareti rivestiti di legno bianco. Gli affreschi sul soffitto con cornici di gesso elaborate attirano la mia attenzione. La costruzione di questo posto deve aver richiesto decenni, considerando gli attrezzi che avevano a disposizione allora. Immagino che il palazzo sia vecchio di un paio di secoli.

Anna mi racconta del regno, che, dice, stava lentamente morendo dato il declino della popolazione ittica. Lei e Gabriel sono riusciti a continuare la tradizione dei Rourke spostando l'industria dalla pesca a quella dei cosmetici con l'utilizzo dei prodotti del mare, che usano anche nella day-spa e vendono online. Adrian ha aperto un casinò per diversificare le loro attività. Sapevo delle loro imprese, ma non ero a conoscenza del pessimo stato della loro economia. Interviene Gabriel, parlando con orgoglio di come vadano bene le cose adesso. Non posso non ammirare quello che hanno ottenuto. Immaginate, governare un intero paese e portarlo dall'orlo del collasso a essere nuovamente prospero. Ci deve essere voluto un mucchio di duro lavoro.

Anna apre una porta per indicare una sala da pranzo formale. Colgo la visione di un lungo tavolo di lucido legno scuro con un enorme centrotavola fiorito e un altro lampadario d'oro e cristallo. Il palazzo ha un aspetto... dorato, d'alta classe... ed evidentemente ne hanno parecchio. Se non mi uccideranno, un prestito è una reale possibilità.

«Ci stiamo dirigendo verso l'ala ovest, adesso» dice Anna. «Le ali ovest ed est formano la corte posteriore che porta ai giardini formali e poi al mare. Qui praticamente tutte le strade portano al mare.»

«È un'isola» diciamo contemporaneamente Gabriel e io. Strano.

Anna rabbrividisce. «Inquietante. Voi due potreste essere gemelli, solo che Gabriel ha un anno in meno. Penso che sareste stati amici da bambini. Spero che potrete conoscervi da adulti.»

«Mi piacerebbe molto» dice Gabriel sorridendole. Ovviamente lo sta dicendo a beneficio di Anna. Non mi guarda nemmeno.

«Certo, ci terremo in contatto» dico anch'io, sempre a beneficio di Anna. Il fatto è che Gabriel fa le sue cose da re e io a casa lavoro in edilizia. Pensa davvero che diventeremo grandi amici? *Ehi, Gabe, hai provato la nuova lama turbo diamantata per tagliare il marmo?* Ha marmo in abbondanza qui intorno. Devo reprimere una risata a quel pensiero.

Anna indica alcune altre stanze mentre camminiamo e un po' di roba storica vichinga alle pareti, più che altro scudi e spade, appartenuti ai nostri antenati, prima di raggiungere la sala delle udienze. Non è terrificante, anche se il doppio trono di legno dall'aspetto antico in fondo alla stanza enorme mi lascia perplesso. Giuro che se Gabriel e Anna si siedono su quel trono e si aspettano che mi inchini o roba simile prima di fare qualche dichiarazione che mi rimetta al mio posto, non sarò responsabile per le mie azioni. Siamo uguali, anche se viviamo in due mondi diversi.

Anna mi fa segno di muovermi. «Vai a sederti sul trono accanto a Gabriel. Io torno subito.»

Io sul trono?

Lo fisso e mi muovo lentamente, quasi in trance. Immaginavo questo momento da bambino quando ero arrabbiato per qualcosa, prendere il mio posto come re e fare qualunque dannata cosa volessi, con risorse illimitate a mia disposizione. Non ho mai pensato che potesse accadere nella vita reale.

«Com'è la tua vita a Brooklyn?» mi chiede Gabriel, facendomi uscire dalla trance.

«Non mi posso lamentare.»

«Silvia mi dice che vi occupate di costruzioni? Gli affari vanno bene?»

«Sì, tutto bene. Più lenti adesso che è inverno. Saremo nuovamente presi quando arriverà la primavera.» Gli lancio un'occhiata di sottecchi. «Com'è la tua vita a Villroy?»

Lui sorride e la sua espressione passa da rigida a rilassata in un istante. «Fantastica. Ho una figlia adesso, Mila. Ha sedici mesi, cammina e comincia a parlare. È la luce dei miei occhi.» Ha la voce soffocata dall'emozione e se la schiarisce. «Davvero, non sono mai stato più felice.»

Mi sorprende sentire una fitta di gelosia. È che, dopo aver badato ai miei cinque fratelli minori per tutta la vita, mi sono sempre visto come padre, in futuro. Pensavo che lo sarei già stato, a trentatré anni. Lui chiaramente ne è entusiasta. «Congratulazioni per la bambina. Allora, ti piace essere il re?»

Gabriel torna serio. «Faccio il mio dovere. Sono fortunato ad avere Anna come compagna. È lei che ha portato il regno dall'orlo del collasso al ventunesimo secolo. È stata sua l'idea geniale di usare l'industria della pesca per la produzione di cosmetici. Ha mantenuto il nostro stile di vita tradizionale, modernizzandolo allo stesso tempo.»

Si siede su uno dei troni e mi indica di fare lo stesso sull'altro accanto. Salgo sulla piattaforma e mi siedo. *Bello*. Potrebbe essere più comodo, ma è di legno e, maledizione, mi sento come un fottuto re quassù, a ispezionare la stanza piena di gente immaginaria che guarda a me per essere governata.

«Com'è?» mi chiede Gabriel.

«Giusto.» Strano ma vero.

«Sei risentito con me per aver preso il tuo posto?»

Esito. Non sono esattamente risentito con lui, ma è dura per me vederlo sul trono, sapendo che il motivo è che mio padre è stato trattato ingiustamente.

«Non devi rispondere» dice. «Era una domanda insulsa.

Ovvio che sia risentito per ciò che ti è stato negato senza alcuna colpa da parte tua. Mi sentirei allo stesso modo.»

«È per mio padre, sai. Non è giusto come sono andate le cose.»

«Sono d'accordo.»

Anna si avvicina con un servitore che porta una grossa cassetta di legno. «Vorremmo dare questo a tuo padre. Un regalo, sperando che lo consideri il gesto di pace che è.»

Spalanco gli occhi. Un regalo per mio padre?

Il servitore mi mette in mano la cassetta. Apro i chiavistelli di metallo, alzo il coperchio e resto senza fiato. Sono una corona d'oro tempestata di gemme e uno scettro, appoggiati su un letto di velluto blu. Devono esserci oltre cento diamanti sulla corona, insieme a zaffiri, rubini e perle. Lo scettro è incastonato di diamanti e rubini ed è sormontato da una croce con uno smeraldo al centro. Devono valere una fortuna!

Non posso decisamente chiedere un prestito a Gabriel, quando mi ha dato questo regalo incredibile. Dirò a Sean che dovremo trovare un altro modo. Non che abbiamo avuto molta fortuna con le banche. Finora almeno. Possiamo tentare con qualcun'altra.

«Dovreste tornare a casa sul nostro jet» mi dice Anna. «Sarebbe difficile trasportarli in modo sicuro su un volo commerciale. Immagina doverlo spiegare alla sicurezza!»

«Sì, certo.» Non riesco a smettere di fissarli. Non ho mai visto tante gemme in un sol posto. «Era di mio padre?»

«Sì» risponde Gabriel. «Erano stati fatti per lui. Mio padre ha portato quella corona finché ne hanno creata una nuova per lui. La successione è stata veloce quando è morto nostro nonno e tuo padre ha abdicato. Mi è stato detto che tuo padre aveva tenuto nascosta la relazione con tua madre finché nostro nonno non fu in punto di morte. Forse lo shock di quella rivelazione ha condotto alla durezza del suo esilio.»

Stacco gli occhi dalla corona e dallo scettro per fissarlo. «Non sapevo che fosse una relazione segreta.»

«Tuo padre era fidanzato con mia madre» dice Gabriel. «Il loro matrimonio era stato combinato fin da quando erano bambini. Mia madre viveva dall'altra parte del mondo. Dovevano incontrarsi per la prima volta il giorno del loro matrimonio.»

Faccio una smorfia. Non riesco a immaginare di sposare qualcuno che non ho mai incontrato. La storia che conoscevo io era che mia madre, Tara Byrne, era una ragazza di Brooklyn, una studentessa in un programma di studio del suo college all'estero, in Francia, dove aveva incontrato mio padre, che era in visita dalla vicina Villroy. Immagino che mio nonno non si fosse sentito magnanimo mentre giaceva sul suo letto di morte e suo figlio gli dava la grande notizia senza alcun preavviso. Le cose sarebbero state diverse se avesse parlato ai suoi genitori del suo amore per la mamma invece di tenerlo segreto fin quasi all'ultimo minuto? O aveva sempre saputo che non avrebbero accettato una borghese e stava cercando di fare la scelta giusta per lui: il regno o l'amore?

Anna si china verso di me. «Vuoi provare a mettertela?»

Sobbalzo. «No. Non è mai stata destinata a me.» La verità si fa strada nella mia mente. Solo un lignaggio reale da entrambi i lati avrebbe permesso che diventassi re. Anche se ora, con il cambiamento di direzione che aveva assunto Villroy, la cosa non aveva più importanza. La figlia di Gabriel e Anna, Mila, un giorno sarebbe stata regina, nonostante avesse una madre senza sangue reale. Questione di tempistica, gente.

In effetti Gabriel e Anna non mi devono niente, eppure mi hanno fatto questo regalo fantastico. Prendo lo scettro, ammirando la lavorazione magistrale del pezzo unico. Mio padre sarà così felice di riavere questo set, anche se non con il ruolo che si aspettava di avere. Questa corona e questo scettro sono suoi di diritto. Probabilmente li ha maneggiati in più occasioni, forse ha addirittura indossato la corona.

Ho la voce roca quando rispondo. «Grazie. Sono sicuro che significherà moltissimo per lui.»

∽

Solo che quando arrivo finalmente a casa e lo consegno a mio padre, lui aggrotta le sopracciglia, stringendo i denti. Io gli assomiglio, ma c'è del grigio alle sue tempie adesso e qualche ruga intorno agli occhi verdeazzurri. Dice che vengono dal fatto di avere riso troppo.

«È inteso come segno di pace» gli dico.

Lui mi ficca in mano la cassetta. «Tienila tu. Eri quello destinato a succedere al trono. Io ti ho derubato di quella possibilità. È il meno che possa fare.»

«Tu non mi hai portato via niente. Non sarei mai diventato re perché la mamma era una borghese. E io non sarei qui senza di lei.»

«Come hanno trattato te e i tuoi fratelli?»

«Sai, dopo aver passato un po' di tempo con i nostri cugini, devo dire che non sono tradizionalisti e rigidi come inizialmente pensavo.» Ci eravamo effettivamente divertiti, bevendo e giocando a poker. Tralascio di parlare del trattamento subito da parte della generazione più vecchia. Mio padre ha sofferto abbastanza.

«Bene. Re Gabriel ha accettato di farvi un prestito?»

«Non mi è parso giusto chiederglielo, quando ci aveva fatto questo regalo di valore» dico alzando la cassetta.

Mio padre indica la cassetta con un dito. «Innanzitutto, questo set era mio. Io... a te è stata negata la compensazione che avresti meritato per il tuo posto nel regno. Avresti dovuto ricevere qualcosa di più che non la restituzione di qualcosa che era già mio.»

«Papà, va tutto bene. Troveremo un altro modo.» Apro i chiavistelli e alzo il coperchio, angolando la cassetta in modo che possa vedere.

Mio padre prende la corona, ammirandola da tutti i lati. Resta in silenzio per un momento, con un'espressione solenne. «La ricordo come se fosse ieri.»

«Tienila. Volevano che l'avessi tu.»

Lui l'appoggia sulla mia testa, sorprendendomi. È pesante, con tutte quelle gemme. «Ti sta bene. Mio figlio, il re.» Toglie il telefono dalla tasca dei pantaloni e fa una fotografia, che poi mi mostra.

Io fisso lo schermo per un attimo. Forse è la somiglianza con mio padre, ma in effetti non sembra strana come avevo pensato. *No.* Questo non sono io; questo è mio padre.

Mi tolgo la corona e la rimetto con cura nella cassetta. «Non sarei mai diventato re.» Gli offro di nuovo la cassetta e lui incrocia le braccia, rifiutando il regalo.

Capisco. Accettare il regalo significa perdonare la famiglia che l'ha tagliato fuori. «La terrò nella cassaforte in ufficio. Saprai sempre dov'è se la vorrai.»

«È tua» insiste lui.

Scuoto la testa. So qual è il mio posto. Sono la persona chiave nella ditta di costruzioni di mio zio. Gestisco la squadra da anni e ho man mano assunto un ruolo più importante nella gestione dell'intera impresa, lavorando fianco a fianco con mio zio. Sean e io troveremo un modo per entrare nel campo immobiliare. È questa la mia vita. Non c'è la minima possibilità che mi chiedano di prendere il posto del re. Sono per metà borghese, il principe proletario.

E a nessuno importa un fico secco del mio sangue reale, qui a Brooklyn.

2

Ariana

Ooh, eccolo, Dylan Rourke, il principe segreto. Che fesseria! Scommetto che l'ha inventato solo per sedurre le ragazze. Litigo con la chiave della porta della casa dei miei genitori, tenendo in equilibrio le borse della spesa ed evitando con cura il suo sguardo dai gradini a circa due metri di distanza. Siamo cresciuti in due case a schiera contigue, quelle tipiche di mattoni rossi. È lì, con una giacca nera da motociclista e jeans sbiaditi, con in mano una cassetta di legno e, maledizione, perfino dopo tutti questi anni, è ancora disgustosamente attraente. Dev'essere la struttura ossea, con quegli zigomi alti e la mandibola squadrata. O forse sono i folti capelli scuri, gli occhi azzurri, quel velo di barba e un corpo sodo, costruito in anni di lavoro duro. Alto, muscoloso, tosto. Come se mi importasse.

Finalmente riesco ad aprire la stupida porta e mi precipito dentro, surriscaldata, puramente dalla lotta con la porta, ovvio. «Mamma, ho portato la spesa!»

Nessuna risposta. Dev'essere andata a fare una passeggiata con mio padre. Stiamo avendo temperature sopra lo zero in quello che è tipicamente un frigido inverno newyorchese. «Praticamente primavera!» aveva esclamato mio padre, anche se è Capodanno.

Vado in cucina, appoggio le borse sul ripiano e drappeggio la giacca sullo schienale di una sedia. Non vedo Dylan da quando sono partita per il college, a diciotto anni. Mentre crescevo, Dylan era solito prendermi spietatamente in giro, mi tirava i codini e mi chiamava "Airy Fairy", probabilmente perché portavo i tutù e ballavo tutto il tempo. I miei amici mi chiamavano Air, l'abbreviazione di Ariana. Comunque, mi piaceva il balletto e il mio sogno era danzare col New York City Ballet al Lincoln Center. Poi, praticamente da un giorno all'altro, il mio corpo si era riempito di curve, grandi tette, fianchi, sedere. Non avevo più la figura ideale per una ballerina e nella mia compagnia di balletto venivo scartata per tutte le parti principali. Avevo cercato di allenarmi più duramente, mi ero spinta oltre a quanto avessi mai tentato prima, e lo provavano le distorsioni, i muscoli doloranti e la stanchezza. Alla fine, la mia istruttrice mi aveva fatto un discorso franco, dicendomi chiaramente che non avevo un futuro in quel campo e, a quindici anni, mi ero arresa. Distrutta.

Mia madre, sempre pratica, mi aveva detto di usare il cervello e di concentrarmi sulla mia istruzione, e così avevo fatto. Ero andata a Stanford, mi ero laureata in Scienze della comunicazione e avevo lavorato come direttrice del marketing nella ditta della famiglia di mio marito, una società immobiliare di San Francisco. Avevamo divorziato recentemente, dopo otto anni di matrimonio, ma avevo continuato a lavorare lì, dato che il divorzio era stato consensuale e amichevole. Lo amavo veramente e forse non ero pronta a lasciarlo andare. Avevamo cominciato d'accordo sul non avere figli e poi, quando erano passati alcuni anni, mi ero resa conto di volerli. Il divorzio era stato una sua idea, dato che diceva che non avrebbe mai cambiato idea riguardo ai figli. Un duro colpo, ma mi ero detta che le persone cambiano e che questa era la scelta giusta per entrambi. Non avevo nemmeno preteso la metà dei suoi beni, anche se avrei potuto secondo le leggi della California. Solo ciò che avevamo ritenuto fosse stato il mio contributo durante il matrimonio. La casa era stato un regalo dei suoi genitori, quindi era rimasta a lui. Niente alimenti. Sono una donna indipendente. Era stato tutto così civile. Pensavo veramente che fosse tutto okay, ma solo sei mesi dopo il divorzio, il mio ex marito si era presentato al lavoro con la sua ragazza, una bionda giovane e carina e... Incinta. Incinta di otto mesi.

Gira il coltello nella piaga, grazie! L'uomo che aveva giurato di non volere assolutamente figli era lì, che mi presentava il suo nuovo amore e il loro futuro figlioletto, ed era ovviamente accaduto tutto mentre eravamo ancora sposati e lui era così fottutamente *felice!* Semplicemente non voleva avere figli con me. Non mi amava nel modo in cui l'amavo io. Mi si stringe penosamente la gola al ricordo. Ritiro la spesa, con gli occhi che bruciano per le lacrime trattenute.

A quel punto avevo lasciato il lavoro ed eccomi qui, di nuovo nella casa dei miei genitori, disoccupata, mentre cerco di dare un nuovo indirizzo alla mia vita. Questa è la mia seconda possibilità. Presto avrò una nuova vita, un nuovo lavoro e spero, in un futuro non molto lontano, un bambino. È uno dei motivi per cui sono tornata a Brooklyn. Voglio avere la mia famiglia vicino, per aiutarmi. In effetti, ho già scelto il donatore perfetto in una banca del seme. Ha dei geni fantastici: alto, ex giocatore di lacrosse, niente malattie ereditarie trasmissibili e un dottorato in antropologia. Abbiamo anche lo stesso gruppo sanguigno, quindi il bambino avrebbe il mio. Appena tutti i pezzi della mia vita saranno a posto prenderò l'appuntamento per l'inseminazione. Mi sento in pace solo pensandoci. Il mio ex mi ha tenuto lontana dal mio sogno di essere madre per anni, ma ora nessuno può fermarmi. Nemmeno mia madre, ben intenzionata, ma che si preoccupa troppo.

Era andata fuori di testa quando le avevo parlato della banca del seme. Aveva insistito che avrebbe dovuto contattare il padre e la sua famiglia. Come se fosse una cosa normale. Avevo fatto una scelta difficile, ricominciare da capo qui, perché è importante per me. Ho trentun anni e sono più che pronta per diventare madre.

Primo passo: un buon lavoro. Forse metterò in piedi una

mia società immobiliare. Ho l'esperienza giusta e il valore degli immobili qui a Brooklyn sta andando alle stelle. Il quartiere dove vivono i miei genitori, Windsor Terrace, ha visto un enorme rialzo del valore delle case. C'è sempre più gente che vuole vivere qui, per le scuole e l'ambiente da cittadina, con le strade alberate, le case ben tenute e poco traffico. Ci sono un mucchio di quartieri di Brooklyn che stanno crescendo di valore. L'unico problema è che non ho soldi da investire. La pianificazione del mio futuro viene interrotta dal ruggito della Harley fuori casa. Dylan. È riuscito a legare la cassetta dietro la sua moto? Non ho intenzione di sbirciare fuori dalla finestra.

Risento nella mente la sua voce scherzosa. *Dov'è il tuo tutù, Airy Fairy?*

Era la domanda preferita di Dylan, quando avevo smesso di indossarli, a dieci anni. Non smetteva mai di chiederlo e, quando avevo abbandonato il balletto, la domanda mi faceva male. Lo guardavo storto, gridando tra me e me: "L'ho sepolto insieme ai miei sogni!". Ero piuttosto timida da bambina, altrimenti l'avrei mandato al diavolo.

Finisco di riporre la spesa, prendo un bicchier d'acqua e mi siedo su una sedia della cucina. Sfortunatamente, avevo pensato moltissimo a Dylan negli anni, sia positivamente sia negativamente, motivo per cui lo evitavo. Quell'uomo è inciso nel mio cervello. La mia mente torna a quel giorno fatidico. Io, giovane e stupida. Lui, giovane e spavaldo.

Era un soleggiato sabato di agosto, il giorno prima del mio lungo viaggio per la California per andare al college ed ero decisa a perdere la verginità prima di partire. Immaginavo che il college sarebbe stato più divertente se avessi superato quel momento imbarazzante. Oddio, pensavo di essere così furba e previdente. In effetti, lo progettavo da settimane. Sapevo che i miei genitori sarebbero stati nel New Jersey ad aiutare mia sorella Rosalie, maggiore di me, a trasferirsi nel suo nuovo appartamento, per il suo primo lavoro. Avevo deliberatamente rimandato la preparazione dei bagagli per il college in modo da non dover andare con loro. Avevo la casa tutta per me. Ora mi serviva giusto l'uomo. Ci avevo pensato a lungo e a fondo. Mi serviva qualcuno che non mi sarebbe dispiaciuto lasciarmi indietro e doveva anche essere almeno un po' esperto perché non fosse un'esperienza orribile. Di Dylan, a vent'anni, le ragazze del vicinato dicevano che era "il tipo giusto con cui stare". Aggiungetevi la faida tra i nostri genitori e c'era quel pizzico di ribellione in più nello scegliere proprio lui. Storia lunga, ma la faida non è colpa dei miei genitori. Se sua madre non riesce a tenere traccia dei suoi cucchiai da portata, è un problema suo. Mia madre non è una ladra. Con la ben nota animosità tra i nostri genitori, nessuno avrebbe creduto che fossi stata con lui, piano perfetto. O no.

Era arrivato rombando con la sua Harley, sentivano tutti quell'affare, e il mio cuore di vergine si era messo a battere forte.

Avevo sbirciato fuori dalla finestra. Sì, era lui. Mi ero precipitata fuori dalla porta, ero corsa giù dalle scale e mi ero messa davanti a lui sul marciapiede. Lui sembrava sempre il solito presuntuoso cazzuto mentre scendeva dalla moto con il casco nero, la maglietta blu aderente e i jeans modellati sulle sue cosce possenti.

Avevo fatto la mia mossa. «Salve.»

Dylan si era tolto il casco e i suoi capelli castano scuro erano disordinati, in modo sexy. Era alto, almeno un metro e ottantacinque, con le spalle larghe e i bicipiti sviluppati che avevo di recente cominciato ad apprezzare. «Ehi Airy Fairy, che...»

Lo avevo interrotto prima che potesse chiedermi del mio maledetto tutù. «Ho sentito che sei un principe.» Era buona come battuta per rompere il ghiaccio, perché avevo studiato un seguito perfetto: *ho sempre voluto stare con un principe.* Avevo aspettato con l'adrenalina che mi faceva tremare.

Dylan mi aveva fissato.

«Me l'ha detto Sean.» Suo fratello Sean e io avevamo la stessa età.

«Sean sta mentendo.»

Mi ero chinata più vicina, sorpresa di scoprire che avesse effettivamente un buon odore. Veramente buono. Come aria fresca e uomo. «Ho la casa tutta per me» avevo sussurrato.

Dylan mi aveva fissato di nuovo, ma questa volta nei suoi occhi azzurri c'era una scintilla. Era interessato? Difficile da capire. I suoi occhi erano rimasti sul mio volto nonostante indossassi un miniabito giallo a fiori con spalline sottili e un corpino aderente che metteva in evidenza il mio seno.

Indicai casa mia con il pollice. «I miei genitori stanno aiutando Rosalie a trasferirsi nel suo nuovo appartamento nel Jersey. Ci dovrebbe voler un po'. Vuoi entrare?» *Oh, un doppio senso. Guardatemi, sto flirtando in modo fantastico!*

Dylan aveva piegato lentamente la testa di lato. «Per che cosa?»

Forse non ero così brava a flirtare, dopo tutto.

Avevo raccolto tutto il mio coraggio e gli avevo appoggiato la mano sul petto. Il suo calore mi aveva bruciato attraverso il tessuto sottile della sua t-shirt e avevo sentito una vampata di caldo in tutto il corpo. Avevo alzato gli occhi. Lui stava fissando la mia mano sul suo petto. Avevo preso come un buon segno che non la spingesse via immediatamente. Comunque l'avevo tolta, nel caso non gli andasse bene. Non ero sicura che fossimo sulla stessa lunghezza d'onda.

«Dovresti entrare» avevo detto con un tono di voce sbarazzino, continuando a flirtare. «Potremmo passare un po' di tempo insieme, solo noi due.»

Mi aveva fissato per un lungo momento e avevo cominciato a sperare. Sembrava aver capito il mio messaggio e che stesse prendendolo in considerazione. «Già, uhm, no, grazie.» Si era voltato ed era andato all'ingresso della casa vicino alla nostra.

Avevo sbuffato e lo avevo seguito sui gradini. «Perché no?»

Mi aveva guardato, abbassando per un attimo lo sguardo sul mio seno e poi rialzandolo in fretta e guardandomi negli occhi. «Tu mi detesti.»

«Non ti detesto.» *Ti trovo solo irritante e fin troppo presuntuoso.*

«Pensi di essere migliore di me.»

Le mie occhiatacce dovevano essere state più raggelanti di

quanto pensassi. Comunque, pensavo che agli uomini piacesse la possibilità di fare sesso.

Ehi, sto esaurendo il tempo!

Con la disperazione nella voce avevo vuotato il sacco: «Devo liberarmene prima del college e parto domani».

Dylan aveva sorriso. «Liberarti di cosa, esattamente?»

Avevo le guance in fiamme, ma riuscii a buttar fuori le parole: «La verginità».

«Volevo solo sentirtelo dire. Ora vai a chiederlo a qualcun altro.»

Avevo stretto le labbra. Sapeva che cosa avevo in mente e me lo aveva fatto dire a voce alta. Sfortunatamente, il fatto che fosse irritante non era un deterrente. Lo sapevo da tutta la vita. Sapevo anche che non avrei sopportato di rifare il tutto con un altro tizio e lui era ancora l'ideale: bello ed esperto.

Avevo una missione da compiere.

Avevo insistito. «Lo sto chiedendo a *te*.»

«Perché?»

Non mi ero aspettata di dover dare spiegazioni. Avevo cercato un buon motivo, dopo che per anni mi aveva preso in giro e io gli avevo lanciato occhiate di fuoco e con le nostre famiglie ai ferri corti. «Perché ti conosco e...» oh, detestavo ammetterlo, ma la faccenda era urgente, «... e sei carino.»

«Carino. I cuccioli sono carini.»

«Okay, sei attraente!»

Dylan mi aveva rivolto un sorriso malizioso che aveva fatto battere più forte il mio cuore. «Sexy.»

Avevo sbuffato ma il cuore continuava a battere forte. «Okay, anche quello.»

Mi aveva pizzicato il mento, alzandomi il volto verso di lui. «Qual è l'inghippo?»

«Nessun inghippo. Niente legami. Parto domani.»

I suoi occhi bruciavano nei miei e sentivo le scintille sulla pelle. «Baciami», aveva detto, «e ci penserò.»

Eravamo sui gradini davanti a casa sua. Uno dei vicini avrebbe potuto vederci. Era una comunità molto affiatata, unita da parecchie generazioni prima e questo significava che i miei genitori lo avrebbero saputo. «Possiamo andare da qualche parte in privato?»

«No.»

Avevo esitato.

Dylan mi aveva lasciato andare. «Vai a casa, Ariana.»

Ero rimasta a bocca aperta. Aveva veramente detto il mio nome. Non lo diceva mai, nemmeno il mio nomignolo, Air. Era sempre quello stupido Airy Fairy.

Aveva infilato la chiave nella porta e mi ero resa conto che lo stavo perdendo. Gli avevo afferrato il braccio per fermarlo e il calore della sua pelle mi aveva dato una scossa.

«Sì?» mi aveva chiesto voltando la testa.

«Okay, ti bacerò qui.»

«Scordatelo.»

Ero così irritata per come stava rendendo tutto difficile che gli avevo afferrato la testa, lo avevo tirato verso di me e lo avevo baciato, forte. Lui non mi aveva toccato, né aveva restituito il bacio e io lo avevo addolcito, sperando gli piacesse di più. Poi di colpo aveva cominciato a baciarmi a sua volta, con la bocca incollata alla mia. Un'ondata di calore, un sospiro, e mi ero sciolta contro di lui, tanto era bravo.

Dylan aveva interrotto bruscamente il bacio. «Va bene, andiamo.» Mi aveva preso la mano, avevamo sceso i gradini di casa sua per risalire quelli di casa mia. Ero così eccitata che avevo dimenticato che avevo avuto in programma di farlo entrare di nascosto dal retro.

Ero nervosa quando eravamo arrivati nella mia stanza, specialmente perché i suoi occhi si erano fiondati immediatamente sul preservativo che avevo lasciato sul comodino per questo evento ben pianificato.

Dylan aveva appoggiato il casco sul pavimento accanto alla porta, poi l'aveva chiusa a chiave. Il rumore era sembrato forte e minaccioso. Il mio battito era accelerato. Ero da sola con Dylan Rourke nella mia stanza. La mia conquista, che, temevo, adesso aveva preso il sopravvento. Era grande, potente con tutti quei muscoli ottenuti col duro lavoro e gli avevo rivolto un invito che non credevo di poter annullare.

Forse aveva intuito il mio nervosismo perché mi aveva

preso la mano e mi aveva tirato verso di sé lentamente, con fare sicuro, fino ad avermi tra le braccia, prima di baciarmi come se avessimo tutto il giorno. Baci bollenti, profondi, umidi, che mi avevano fatto venire le gambe molli, il corpo caldo, la mente beatamente vuota. Quando mi aveva guidato verso il letto ero pronta a spogliarmi nuda. Invece si era sdraiato accanto a me, entrambi completamente vestiti, e aveva continuato a baciarmi. Aveva le mani grandi e callose, ma mi aveva toccato dolcemente, tenendomi la guancia, accarezzandomi la gola, la clavicola, poi la spalla nuda. Sentivo la pelle fremere ovunque mi toccasse.

Mi aveva baciato così a lungo che mi bruciava il mento per la barba che sfregava e avrei giurato di avere le labbra gonfie. Avevo interrotto il bacio. «Sono pronta.»

Avevo cominciato a slacciare i bottoncini del corpino, ma Dylan mi aveva scostato le mani e lo aveva fatto lui. Lentamente. Baciando ogni centimetro di pelle che scopriva. Mi sembrava di avere la febbre per l'eccitazione, avevo le dita infilate tra i suoi capelli, semi stordita dall'esperienza più intensa della mia vita. Non assomigliava nemmeno lontanamente alle pomiciate che avevo fatto con altri ragazzi. Dylan si meritava veramente la sua reputazione.

Una volta rimasti entrambi nudi, ero più che pronta. Dylan era così bello, abbronzato e muscoloso, il ragazzo più sexy che avessi mai visto. Avevo allargato le gambe e lo avevo tirato verso di me.

Dylan continuava a baciarmi, come se non ne avesse mai abbastanza. Io ero consumata dal desiderio. Non sapevo che avrebbe potuto essere così.

Dylan aveva alzato la testa. «Lascia che provi qualcosa di diverso con te.»

Provare qualcosa di diverso?

«Non possiamo farlo nel modo regolare?»

«Sì, lo faremo, ma prima voglio provare qualcosa.»

Avevo stretto gli occhi, con il desiderio che spariva velocemente. «Da chi l'hai imparato, da un'altra ragazza?»

Dylan mi aveva appoggiato la mano sulla guancia e mi

aveva baciato, solo uno sfiorare di labbra che mi aveva scaldato. «Da un libro. A te piacciono i libri.»

«Hai letto un libro sul sesso?»

«Sì. Dovrebbe essere veramente piacevole per la ragazza. Ehi, se non ti piace mi fermerò. Non preoccuparti, è perfettamente normale.»

Lo avevo studiato per un lungo momento e lui mi aveva rivolto un sorriso sexy, con gli occhi azzurri che scintillavano. In quel momento mi fidavo di lui. Dopo tutto, non si era buttato né mi aveva strappato i vestiti di dosso. Mi aveva baciato così a lungo che avevo le labbra gonfie.

«Okay.»

Aveva sorriso. «Grazie. Dimmi se ti piace.»

E poi si era abbassato lungo il mio corpo e mi aveva baciato *lì*. Dove nessuno mi aveva mai baciato prima. Avevo ansimato e poi...

Era. Follemente. Bello.

Ero morta e tornata in vita. Probabilmente avevo detto che era un dio.

«Mi è piaciuto» gli avevo detto dopo, mentre cercavo di riprendere fiato.

Dylan mi aveva baciato l'interno della coscia, e avevo sentito una bassa risata riverberare contro la pelle. «Sì, l'avevo capito.» Poi aveva preso il preservativo dal comodino, aveva aperto la confezione e se l'era infilato coprendomi poi con il suo corpo. «Pronta?»

Avevo sorriso, languida. Era così fottutamente stupendo. «Pronta.»

I suoi occhi bruciavano nei miei mentre entrava lentamente. Una breve fitta di dolore che mi fece trattenere il fiato e poi era cominciata una pressione incredibile.

Dylan si era fermato, accarezzandomi i capelli e la guancia con le sue mani grandi. Avevo chiuso gli occhi, dicendomi di rilassarmi, che sarebbe finito presto. E poi aveva ricominciato a baciarmi in quel modo, drogandomi, e mi ero persa, rilassandomi sotto di lui mentre gli passavo le mani sui poderosi muscoli della schiena.

Aveva cominciato a muoversi, dentro e fuori e adesso mi piaceva.

«Sono così contenta che sia tu il primo» mi era sfuggito.

Ci fissavamo negli occhi e tra di noi era passato qualcosa, che cresceva come un sentimento, come se le nostre anime si stessero fondendo insieme ai nostri corpi. Riuscivo a malapena a prendere fiato, con l'eccitazione che cresceva e un'ondata d'amore che mi travolgeva. Il tempo aveva smesso di esistere. Il piacere stava crescendo di nuovo, una stretta spirale che mi aveva fatto infilare le unghie nelle sue spalle. Aveva continuato a crescere e poi Dylan mi aveva baciato ferocemente e mi ero arresa, con un'esplosione di piacere che mi scuoteva.

Dylan aveva tirato indietro la testa, con i tendini del collo che si tendevano, e si era abbandonato con un basso suono gutturale.

Incredibilmente meraviglioso!

Avevo sorriso, accarezzandogli le spalle e la schiena calde. Ero così felice, così rilassata, così *sorpresa*. Una bella sorpresa. Chi sapeva che avrei provato un sentimento simile per Dylan Rourke? Il tizio irritante e presuntuoso che viveva nel territorio nemico.

Poi, in un attimo, era in piedi di fianco al letto e io lo guardavo, gelata.

Si era rimesso i vestiti senza dire una parola, con la schiena rivolta verso di me.

Mi ero appoggiata ai gomiti, senza quasi riuscire a credere a quello che stavo vedendo. Finalmente avevo ritrovato la voce, che sembrava spenta. «Te ne stai andando?»

Adesso era completamente vestito, con i calzini e le scarpe in mano e fissava in un punto oltre la mia spalla. «In bocca al lupo per il college» aveva borbottato prima di precipitarsi fuori dalla porta.

Fissavo il suo casco che era rimasto sul pavimento accanto alla porta. Nella fretta lo aveva dimenticato. E non era rimasto nemmeno abbastanza a lungo per rimettersi i calzini e le scarpe.

Gli ero corsa dietro con il casco, così furiosa che non m'importava nemmeno di essere nuda. Ero arrivata in cima alle scale proprio mentre usciva dalla porta d'ingresso. «Ti auguro di avere una bella vita, stronzo!» avevo urlato con tutto il fiato che avevo in gola.

Che porco! Non lo avrei mai perdonato, *mai*.

Basta pensare a Dylan Rourke. Sono passati *anni*! È essere di nuovo a casa che riporta alla mente i ricordi in modo così vivido. Vederlo alla porta accanto.

Ah, diavolo. La verità? Mi aveva rovinato per gli altri uomini, nessuno è mai riuscito a reggere il confronto. Ha tormentato i miei sogni, i suoi occhi azzurri che bruciavano nei miei, le mani callose così gentili, il calore e il mio primo favoloso assaggio di passione. Mi svegliavo eccitata e sudata e poi lo maledicevo.

E il suo ego sarebbe diventato ancora più enorme se l'avesse saputo. Tutti quegli uomini deludenti finché avevo incontrato mio marito, il primo che si era preso tutto il tempo necessario con me, come aveva fatto Dylan. E guardate com'era finita.

Mi alzo dal tavolo della cucina dei miei. Dylan non può più occupare i miei pensieri. È un porco. E ho cose molto più importanti da pensare adesso. Come mettere in ordine la mia vita per il mio futuro bambino.

Prendo un bicchiere dall'armadietto, frugo dietro il contenitore della pasta per cercare la scorta segreta di whiskey di mio padre e ne verso una quantità generosa. L'acqua non funziona quando si tratta di dimenticare Dylan.

3

Dylan

È il giorno dopo Capodanno e sono tornato a casa dei miei genitori perché hanno convocato una riunione di famiglia. È pomeriggio tardi e questo significa che probabilmente mia madre avrà anche la cena pronta. Sono sempre disponibile per il cibo fatto in casa, ma questa riunione di famiglia mi innervosisce. Spengo la moto, mi tolgo il casco e resto seduto lì, a fissare la porta azzurra con un senso di timore. È da tanto tempo che non abbiamo una riunione di famiglia e mio padre non ha voluto darmi alcun particolare. L'ultima volta era stato perché lo zio Pat aveva avuto problemi di salute. Adesso sta bene.

Oddio, spero che non sia quello. Non so che cosa farò se scoprirò che il cancro è tornato. Lo zio Pat, il proprietario della Byrne Costruzioni dove lavoriamo tutti, è stato un secondo padre per me e i miei fratelli. È lui quello che ci ha insegnato tutte quelle cose che mio padre non conosceva, essendo cresciuto come erede al trono. Come usare gli attrezzi, come lanciare una palla veloce e una lenta, come fare il barbecue. Anche mio padre ci ha insegnato un mucchio di cose, e quella più importante era accettare i rischi ed essere audaci perché abbiamo un solo giro nella giostra della vita. La mamma insisteva sulla gentilezza. Quella donna è una santa. Almeno lo sembra avendo dovuto occuparsi di sei maschi turbolenti, che creavano il caos a casa, a scuola e fondamentalmente dappertutto.

E se uno dei miei genitori avesse qualcosa che non andava?

Distolgo gli occhi e colgo per un attimo la tenda che si sposta nella finestra sulla facciata della casa dei Bianchi, alla porta accanto. Probabilmente la signora Bianchi in cerca di qualche pettegolezzo sui Rourke. Di sicuro non sarà Ariana a spiarmi. Ieri mi ha trattato con freddezza. Che cosa ci fa a casa? Non è mai tornata da quando ha sposato quel tizio in California, subito dopo essersi laureata. Ignoro il dolore sordo che sento in petto quando penso a lei, ed è più spesso di quanto ammetterò mai. Il fatto è che non ho mai avuto la possibilità di vedere come avrebbe potuto essere. Quell'unica volta in cui siamo stati insieme è stata *intensa*. Non riesco ancora a concepire come abbia potuto essere così bello. Era vergine, per la miseria. Ed era stato così superiore ai miei soliti incontri, così soddisfacente, così maledettamente pieno di emozione, con i suoi grandi occhi castani che mi fissavano con un affetto profondo che sembrava... amore. Ridicolo. Non era possibile che mi amasse. Non so che cosa diavolo fosse, ed è probabilmente il motivo per cui avevo rovinato tutto appena finito.

Scendo dalla moto. I Rourke e i Bianchi non si mischiano. Avrei dovuto saperlo e non accettare la sua offerta, tanti anni fa. Non mi ha portato nient'altro che uno standard maledettamente elevato, cui non si è mai avvicinata nessun'altra donna. Sospetto che abbia parlato ai suoi genitori di quel giorno, perché da allora mi rivolgono occhiate furiose. Voglio dire, più di quelle rivolte agli altri Rourke.

Basta perdere tempo. Salgo i gradini. È ora di incontrare la famiglia.

«Eccolo, miss A-mer-i-ca!» canticchia una voce profonda alle mie spalle.

Mi volto verso mio fratello Sean e gli mostro il dito medio. Mi sta prendendo ferocemente in giro per la corona che Anna mi ha consegnato per nostro padre, dicendo che è la mia tiara. «Somaro.»

Sale anche lui i gradini. La peluria sul volto è folta, siamo in territorio barba vera e propria. «Hai idea di che cosa si tratti?»

«No. Quando hai intenzione di raderti?»

«Ne ho bisogno per tenermi caldo.» Incrocia le braccia, indossa una giacca di lana nera e finge di rabbrividire. Quando non è al lavoro, si veste sempre in modo elegante perché una volta frequentava questa donna un po' di classe. Vivevano insieme nel quartiere elegante di lei, che aveva trasformato il suo guardaroba, facendolo diventare un "gentiluomo". Parole sue. Si sono lasciati, ma lui sta restaurando casa sua e in cambio può restarci senza pagare l'affitto, mentre lei ha cominciato la sua nuova vita con il suo tizio di Wall Street, in città. Tutto molto civile. Io? Mi sarei trasferito e avrei trovato un posto per me. Non mi interessa se lei dice che si trattava di un affare di cuore e non di corpo. Si tratta comunque di tradimento.

Gli do un buffetto sulla guancia, che assomiglia più a uno schiaffo a dire la verità. «Sei semplicemente troppo pigro per raderti.»

Lui mi schiaffeggia via la mano. «Pensi che si tratti di zio Pat?»

«Spero di no.»

Suono il campanello, anche se ho le chiavi. Basta sorprendere *una sola volta* i tuoi genitori nudi, in soggiorno, per imparare la lezione, nel modo più duro. *Brivido*. Avrei voluto lavarmi gli occhi con la candeggina. Certe immagini non si cancellano.

Si apre la porta e mamma ci sorride, con gli occhi azzurri che si illuminano. Ha i capelli lunghi, castano scuro, niente fili grigi e la pelle chiara e liscia. Chi non lo sa, si sorprende nel sentire che è più vicina ai sessanta che ai cinquanta. Ha fatto la modella per un po', prima dei vent'anni e dice che non le piaceva, ma la paga era buona e le aveva permesso di pagarsi il college.

«Entrate!» esclama, spostandosi dalla porta. «Potete rilassarvi. Nessuno sta morendo.» Come faceva a saperlo? Mi chino per baciarle la guancia e lei mi abbraccia. «Ho visto quei denti stretti» sussurra.

Mi raddrizzo. «Non sapevo di avere un segno rivelatore.»

Lei abbraccia Sean e volta la testa verso di te. «Tutti voi avete un segno rivelatore. Le mamme lo sanno.»

Andiamo in soggiorno. La casa risale alla fine dell'Ottocento, ma l'abbiamo ristrutturata. È una di quelle classiche case a schiera, sei metri di larghezza per quindici di profondità, con i soffitti alti tre metri, pavimenti originali in legno e cornici intorno al soffitto. I miei genitori lasciano aperte in permanenza le porte a scomparsa tra il soggiorno, la cucina e la sala da pranzo. Il soggiorno è nella parte anteriore, la grande cucina al centro con una lunga isola e sgabelli e la sala da pranzo dà sul retro. La cucina è il centro di tutte le attività, specialmente crescendo in una famiglia di otto persone. Volete la quiete? Andate da qualche altra parte. Ci sono tre camere al piano di sopra e una nel seminterrato, che è anche la tana dei maschi, con un tavolo da ping-pong e un biliardo. Sean e io avevamo ottenuto la stanza nel seminterrato perché eravamo i maggiori.

La mamma va direttamente al frigorifero: «Birra, tè freddo o acqua?».

«Birra, grazie» dico.

«C'è bisogno di chiederlo?» dice Sean con un sorriso.

Mamma prende due bottiglie di birra dal frigo. «Io non presumo mai. A volte seguite una dieta per evitare di mettere su pancia.» Apre le bottiglie, dando un'occhiatina alle nostre pance mentre ci porge le birre.

Alzo il bordo della mia maglietta nera a maniche lunghe, pronto per l'ispezione. «Credi che possa permettermi una birra?» I miei addominali sono d'acciaio.

Lei agita una mano con indifferenza. «Non vi stavo giudicando. Bevete quello che volete.» Si appoggia allo stipite della porta che conduce al seminterrato. «Daniel, sono arrivati i tuoi figli preferiti!»

Sean e io ci scambiamo un sorriso. Io punto il dito verso di me. Papà ci chiama tutti i suoi figli preferiti. C'è una cosa che ho sempre saputo. Nostro padre è fiero di noi. Non aveva mai sentito quelle parole da suo padre crescendo e si era ripromesso di farcelo sapere, sempre.

Papà appare qualche minuto dopo. «La signora ha gridato?»

«Non mi senti quando sei giù nella tua tana» dice la mamma. «Parla con i tuoi figli, ma non di *quello*.»

Papà le mette un braccio intorno alle spalle, la tira verso di sé e le pianta un bacio sulle labbra. «Ogni tuo ordine è un mio desiderio.»

Lei lo guarda negli occhi con un sorriso. «L'hai detto al contrario, tesoro, ma mi piace comunque.»

Si guardano negli occhi, sorridendo, finché suona il campanello e mamma si stacca per andare ad aprire.

Papà si strofina la guancia perfettamente rasata. «Come state voi due?»

«Noi due stiamo bene» dice Sean. «Che cos'è questa storia della riunione di famiglia?»

Papà guarda verso la porta. «Ve lo spiegherà vostro zio.» Poi va a raggiungere nostra madre.

Io mi siedo su uno degli sgabelli con il cuscino bianco intorno all'isola e sbircio nel soggiorno. Zio Pat ha in mano una valigetta. Mmm, forse siamo qui per qualche motivo di lavoro.

«Solo voi due?» tuona lo zio, entrando in cucina. Ha nove anni più di nostra madre, sessantasette, corti capelli argentei, la barba in tinta e acuti occhi azzurri. Posa la valigetta e si appoggia all'isola.

«Ci sono quelli importanti» dico.

Lui ride e mi dà una pacca sulla spalla. «Tassa dello zio» dice, bevendo un sorso della mia birra.

«Zia Marian ti sta ancora tenendo a dieta?» gli chiedo.

Lui si accarezza la pancia. «Non funziona, vero?»

«Perché imbrogli» dice Sean. «Ho visto il tuo cassetto, pieno di Mini Snickers.»

Zio Pat alza le mani. «Perfetto, adesso lo sanno tutti. Quel cassetto oramai è praticamente vuoto.»

Entrano uno per volta i miei fratelli: Jack, Connor,

Brendan e Garrett, che prendono una birra. Assomigliamo tutti a mio padre, tranne che la maggior parte di noi ha gli occhi azzurri di mamma. Nel vicinato, sono tutti in grado di identificare uno dei Rourke. Abbiamo tutti la sua corporatura, sul metro e ottantacinque, spalle larghe, zigomi alti e mascelle squadrate. Abbiamo tutti almeno un po' di barba. La mia probabilmente è la più ordinata, perché l'ho regolata di recente.

La mamma mette sull'isola una ciotola di tortilla chips, una di guacamole e un piatto con del salame affettato, salsiccia piccante, formaggi e crackers. È un caos variopinto e caotico, solo continuo a chiedermi perché siamo qui. Zio Pat si sta divertendo troppo a scherzare con tutti perché sia una brutta notizia. Che cos'è? Abbiamo ottenuto un grosso contratto per la primavera?

Arriva sua moglie, zia Marian, che bacia tutti sulla guancia prima di andare a parlare con mamma. Okay, quindi questo forse è un annuncio di coppia. Forse zio Pat e zia Marian diventeranno di nuovo nonni. La figlia vive a Seattle.

Poi non riesco più a sopportare la suspense. Alzo la voce per superare il rumore. «Zio Pat, che novità ci sono? Perché siamo tutti qui?»

Papà batte un paio di volte una forchetta sul suo bicchiere. «Chiamo all'ordine questa riunione di famiglia.»

Restiamo tutti in silenzio, con gli occhi puntati su papà.

Papà si rivolge alla mamma. «Dobbiamo rivedere il verbale della precedente riunione?»

Mamma reprime un sorriso. «Di sette anni fa? Lasciami pensare...»

Metto le mani intorno alla bocca. «Boo-oo-oo.»

«Signore! Lei ha passato il limite!» esclama papà. «Nella segreta!» dice, indicando col dito le scale del seminterrato.

Scuoto la testa. Il suo lato regale esce nei momenti più strani. «Zio Pat, per favore, che cosa sta succedendo?»

Mio zio sorride e guarda tutti noi. «Grandi notizie.»

Silenzio.

Nessuno riesce a tirare più in lungo una storia di mio zio, per ricavarne il massimo valore di intrattenimento. Portatelo in un bar irlandese e terrà corte per ore davanti a un pubblico ammaliato.

Fingo di strangolarlo e ridono tutti.

Mio zio si alza e allarga le braccia. «La grande notizia è che vado in pensione!»

I miei genitori e la zia lo applaudono. I miei fratelli lo guardano esterrefatti. Io, beh io sto pensando: chi gestirà la ditta? È la Byrne Costruzioni e la gestisce lui da più di quarant'anni. Potrò gestirla io dato che sono il più esperto e il caposquadra o la dividerà tra me e i miei fratelli oppure, peggio ancora, la chiuderà?

«Quando?» gli chiedo.

«Adesso» dice zio Pat sorridendo come un folle, con gli occhi azzurri che scintillano. Beve un lungo sorso della birra di Sean. Zia Marian non fa una piega.

«Adesso?» ripeto incredulo. «Non puoi ritirarti adesso.»

«Certo che posso» dice ridendo. «Anno nuovo, vita nuova. Marian e io abbiamo preso in affitto un camper. Andremo in Florida a cercare il posto perfetto per passare i nostri anni del tramonto.»

«Che cazzo sono gli anni del tramonto?» chiede Garrett e, all'occhiataccia di mamma, si corregge: «Volevo dire che diavolo... ehm, che cavolo»-

Cominciano a parlare tutti insieme, sparando domande a mio zio, che non aveva dato il minimo segno prima di questo annuncio così importante di aver intenzione di andarsene in Florida su un camper per fare quello che diavolo fanno giù in Florida.

«Zitti tutti!» tuono.

«Stai zitto tu» dice uno dei miei fratelli. Non mi prendo nemmeno la briga di controllare qual è, perché ho gli occhi fissi su zio Pat.

«Che cosa succederà alla Byrne Costruzioni?» gli chiedo.

I suoi occhi si riempiono di lacrime mentre mi guarda. Sono immediatamente sul chi vive. Lui attraversa la stanza e mi mette entrambe le mani sulle spalle. «Gente, state vedendo il nuovo amministratore delegato della Byrne Costruzioni. Sto passando la proprietà della ditta ai miei bravi ragazzi Rourke, con Dylan al comando. È il più vecchio e il più esperto. Il mio braccio destro.»

Resto di sasso. Dire che sono sotto shock è poco. Non avevo idea che volesse andare in pensione, tanto meno che volesse passarmi l'azienda. Mi guardo intorno per vedere se ai miei fratelli dia fastidio che ora sia io il loro capo.

«Immagino che renda essere il primogenito» borbotta Sean.

Ho ereditato il regno, solo che è un'azienda di costruzioni in cui lavoro da quando avevo sedici anni. Dovrei essere felice, invece tutto quello che sento è la responsabilità schiacciante di prendere una ditta che mio zio ha gestito con successo per gli ultimi quarant'anni e tenerla in vita. Non posso deluderlo. Deve avere successo.

Tutti quei posti di lavoro dipendono da me.

Il destino dei miei fratelli è legato alle mie decisioni.

Tutto sulle mie spalle.

Perché ha voluto farmelo sapere in questo modo?

È lo zio Pat quello che ha i contatti. Io non ho la sua rete di conoscenze, avendo passato solo qualche anno a occuparmi della parte commerciale dell'azienda con lui. È lui quello che porta il lavoro. Io entro in gioco una volta ottenuto il progetto. Merda. Non sono pronto. Serve un afflusso costante di nuovi contratti per continuare a esistere. Se non ci sono nuovi progetti, nessuno viene pagato.

Guardo mio zio, voltando la testa. «Ho bisogno che tu resti qui, per mostrarmi tutti i dettagli.»

«Di' solo grazie.»

«Grazie, ma...»

«Festeggiamo!» esclama lui. «Porta la torta, Tara!»

La mamma toglie una grande torta rettangolare dal frigorifero. «Ho preso quella col ripieno di fragole, come piace a te.»

«Dalla pasticceria di Mona, giusto?» chiede zio Pat.

La mamma la pone al centro dell'isola. «Ovvio, so che cosa ti piace.» Gli indica di andare accanto a lei e gli mette un braccio intorno alla vita. «Congratulazioni!» Ci fa cenno di unirci a loro.

Seguiamo tutti il suo esempio, congratulandoci doverosamente con lui mentre zio Pat e zia Marian sorridono come due idioti. Ovviamente è da un po' che l'avevano in programma. La torta bianca ha una scritta azzurra: *Goditi la pensione, Pat!* Sarebbe stato carino che lo avessi saputo con un po' di anticipo, almeno prima della pasticceria.

Mi viene in mente che abbiamo ancora papà, che si occupa della parte finanziaria. «Papà, tu resti, vero?»

Lui guarda la mamma, che gli rivolge un enorme sorriso.

Cazzo. Se ne va anche lui? Non è abbastanza vecchio per andare in pensione. Ha solo cinquantotto anni.

Papà è in piedi, eretto, le spalle indietro, nel suo solito modo regale. «Dato che Pat si ritira e il comando passa a te, anch'io volterò pagina.»

Stringo le mascelle. «Che cosa significa?»

La mamma va da lui e gli mette un braccio sulle spalle. Per favore, ditemi che non hanno intenzione di noleggiare un camper per andare a vivere i loro anni del tramonto in Florida.

C'è assoluto silenzio nella stanza. Tutti gli occhi sono puntati sui miei genitori.

Sento un muscolo che si contrae ritmicamente sulla guancia. Mi piacerebbe essere felice per la mia buona sorte. Se solo non mi fosse stata scaricata sulle spalle senza un sostegno. E se l'impresa dovesse fallire mentre sono io al comando?

«Ho deciso di cominciare una nuova carriera» dice papà.

A cinquantotto anni? Sono tentato di appoggiare la testa sull'isola e gemere. E anche di sbatterla un paio di volte.

«Come re di Brooklyn?» Sean cerca di alleggerire l'atmosfera.

Gli tiro una fetta di salame. Diversi pezzi di cibo volano per aria, tutti diretti a lui.

«Basta con la guerra del cibo» sbotta la mamma mentre serve fette di torta.

«Allora?» dice Sean, togliendosi pezzetti di carne e formaggio dai capelli e spazzolando le briciole dalla maglia. «Papà potrebbe essere il re di Brooklyn. Adesso ha la corona.»

«Sto facendo un corso per poter lavorare nel settore immobiliare» dice papà. «Mi piace incontrare gente e mi tirerà fuori da dietro una scrivania. Pensavo che potremmo lavorare insieme: Byrne Costruzioni e Rourke Immobiliare.» Guarda me. «Tu e Sean desiderate da tanto di entrare nel settore immobiliare. Se solo aveste chiesto ciò che mi è stato negato a Villroy...»

«Ti ho detto che troveremo un altro modo» gli dico.

Lui stringe i denti, la bocca è una linea piatta. Prende sul personale il fatto che io non abbia ciò che lui ritiene mi meriti. Probabilmente perché è ciò che *lui* merita in realtà e gli dispiace di non averlo ottenuto per poterlo passare alla prossima generazione. È stato allevato secondo le tradizioni reali per quanto riguarda l'eredità. Dopo un po', si riprende e dice: «In ogni caso, se voi tutti costruirete o ristrutturerete una proprietà, potrò aiutarvi a trovare chi la compra o la prende in affitto».

«Grazie, ottima idea.» Mi aggrappo a questa nuova informazione. Papà sapeva che avremmo ricevuto presto la società e dev'essere quello il motivo per cui era così ansioso di ottenere un finanziamento tramite i nostri cugini di Villroy. Sapeva che avrei potuto usarlo per espanderci alla grande nello sviluppo immobiliare, senza limitarci a ristrutturare case malridotte nei finesettimana per poi rivenderle. Investire nei terreni, costruire da zero, ricostruire un'intera zona. Solo, che ne so io dell'analisi del mercato immobiliare? È molto più complicato che non trovare la casa più malmessa in un buon quartiere e ristrutturarla. Come fare per ottenere il prezzo migliore o perfino decidere che cosa costruire? Appartamenti, uffici, condomini...

Mi alzo di colpo, borbottando: «Ho bisogno di prendere un po' d'aria.»

«Aspetta, vengo con te» dice zio Pat.

Alzo una mano per fermarlo. «Tornerò presto.» Devo schiarirmi la testa. Mi sembra di essere al largo, in un mare in tempesta, senza salvagente.

Mi precipito fuori dalla porta e l'aria fredda mi colpisce. Ho lasciato dentro la giacca, ma non ho intenzione di rientrare per prenderla. Ho bisogno di muovermi. Scendo la scala e cammino lungo marciapiede verso Prospect Park. Mi siederò più tardi con mio zio e mio padre per estrarre ogni minima informazione utile. Ora devo schiarirmi la testa.

Arrivo al parco e comincio a correre lungo la pista. Il sole sta cominciando a calare e il parco si sta svuotando. Accelero. Prima di accorgermene, sto correndo a tutta velocità sulla pista ad anello. È lunga quasi cinque chilometri e la percorro tutta una volta prima che un crampo al fianco mi faccia piegare in due.

«Qualcuno sta invecchiando» scherza una voce femminile.

4

Dylan

Mi raddrizzo, tenendomi il fianco. Beh, guarda un po' se non
è la mia mortale nemica: Ariana Bianchi. Proprio la persona
che volevo assistesse al mio crollo virile. Ha una felpa col
cappuccio rosa shocking e leggings neri che aderiscono alle
gambe tornite. Quando eravamo bambini, era sempre vestita
da capo a piedi di rosa o qualcosa con i brillantini. Attirava
sempre la mia attenzione, con quei lucenti capelli scuri
raccolti in uno chignon, mentre roteava e roteava con un tutù
da ballerina, come se il quartiere fosse il suo palcoscenico. Il
suo nomignolo era Air, ma io la chiamavo Airy Fairy perché
era così femminile e non si sporcava mai, eccetto quella volta.
Non pensarci adesso.

Mi frugo nella mente tormentata per trovare una risposta.
«Non sei un po' troppo vecchia per il codino?» Indico i suoi
capelli, raccolti in un codino in alto.

«Si chiama coda di cavallo e vai a farti fottere.»

Fisso la sua bocca, sorpreso per il suo linguaggio. Il
ricordo che ho di lei è di una ragazzina silenziosa che
danzava, o, più tardi, sempre con il naso in un libro. Una
volta mi aveva insultato, mentre andavo verso la porta poste-

riore quando... no. Niente da fare. Ha le labbra dello stesso colore della felpa. Quello inferiore è più pieno. Sexy.

Alzo di colpo la testa. «Ti hanno insegnato a imprecare nel tuo college di lusso?»

«Sono i Rourke che mi hanno insegnato a imprecare. È tutto quello che sentivo dalla porta accanto... C... qui, F... là»

«F... là» Rido, sorprendendomi da solo.

I suoi occhi castani brillano divertiti. «Giusto F... là.»

Scoppio a ridere. Sto perdendo la testa.

Ariana tira la caviglia dietro di sé, per fare stretching. «Ti ho visto correre fuori come se ti stesse inseguendo un branco di lupi. Che cosa ti acceso il fuoco sotto il culo?»

Rido di nuovo. «Eri così divertente quando eravamo ragazzi?»

Lei fa stretching con l'altra gamba. «Devo esserlo stata. Tu eri troppo occupato a prendermi in giro per parlare con me.»

Il crampo sta cominciando a passare. «Volevi *veramente* parlare con me?»

«No.»

Alzo una mano, nel gesto che significa: appunto.

«Vabbè, come sempre, è stato bizzarro. Devo correre.» Parte spedita lungo la pista come ho fatto io, con la coda di cavallo che rimbalza.

Guardo verso casa e penso alla folla che sta festeggiando qualcosa che non sono ancora pronto a festeggiare. Poi guardo indietro, verso la distrazione in rosa, che mi ha fatto realmente ridere nel bel mezzo della mia crisi.

Mi metto a correre e la raggiungo, continuando di fianco a lei. «Ehi.»

Lei mi guarda stupita. «Di nuovo tu? Come mai?»

«Che cosa ci fai qui a casa?»

«Non posso venire a trovare i miei genitori?»

«Sì, certo, ma di solito non vengono loro a trovarti in California?»

Passa un momento prima che dica: «Beh, non abito più là».

«Perché?»

Lei sbuffa e accelera. Tengo il passo. «Perché ti interessa?» chiede in tono belligerante.

«Non lo so. Sono curioso.»

Lei mi fa segno di andarmene. «Vai a essere curioso da qualche altra parte.»

«C'è una festa di famiglia e non ho voglia di festeggiare.»

«Perché? È il tuo compleanno e senti la vecchiaia che avanza?»

Do una tirata alla coda di cavallo. «Basta con le battute sulla mia età. Hai solo due anni meno di me.»

Lei alza un dito «E la parola chiave è *meno*.»

Corriamo in silenzio per qualche minuto. Mi sento molto meglio ora che mi sto muovendo.

Ariana mi dà un'occhiata di sottecchi. «Okay, dimmi che cosa ti ha acceso il fuoco sotto il culo tanto da farti correre a perdifiato attraverso il Prospect Park.»

«A perdifiato?»

«Sputa il rospo.»

«Mio zio ha appena annunciato che andrà in pensione, da subito, un'enorme fottuta sorpresa per me, quello cui ha consegnato la società. È *andato*, via, verso la Florida. Anche papà lascia la ditta. È tutto sulle mie spalle, tutti i posti di lavoro dipendono da me e ho grandi idee senza la minima idea di come realizzarle e potrebbe andare a gambe all'aria sotto i miei occhi mentre è stata in affari con successo per quarant'anni.»

Lei si ferma e mi fissa. «Sono più parole di quelle che ti ho mai sentito dire in una volta sola.»

Mi ficco la mano tra i capelli. «Hai sentito quello che ho detto? Tutta l'impresa, che va avanti con successo da più di quarant'anni mi è caduta in mano di colpo, senza preparazione!»

Lei sbuffa e riprende a correre.

Non riesco a crederci. Mi sono esposto, cosa che non faccio mai con nessuno, e lei sbuffa?

«È tutto? Non hai niente da dire?»

Lei alza una mano, continuando a correre a passo veloce. «Non credo che tu voglia sentire quello che ho da dire.»

Parlo a denti stretti, tenendo il passo con lei. «Sì, invece.»

«Okay. Ti stai comportando in modo melodrammatico. Hai un'intera squadra di fratelli per aiutarti a capire cosa fare. Non vanno da nessuna parte, no?»

«No.»

«Allora considerala l'opportunità che è. Coinvolgili in tutto e fai della ditta più che mai un successo.»

«È questo il tuo consiglio?»

Lei annuisce una volta. «Esatto.»

Ci penso mentre corriamo. «In effetti è un buon consiglio.»

«Visto. Non sono solo di una bellezza sfolgorante.» Ammicca e mi ritrovo a sorridere.

Mi piace. Mi piace *veramente*. Ed è a casa per la prima volta da anni. Da sola da quanto posso capire. «Tuo marito ti ha regalato qualcosa di bello per Natale?»

Lei stringe le labbra rosa. «È il tuo modo di chiedermi se sono single?»

«Sì.»

«Sono divorziata. Contento?»

«Tu come ti senti?»

«È stato consensuale. Vai via adesso.» Agita in aria una mano. «Non farti venire delle strane idee, tipo quella di invitarmi a fare un giro con la tua Harley o di venire a bere qualcosa con te o qualunque altra cosa tu faccia con le donne, perché potresti essere l'ultimo uomo rimasto dopo l'apocalisse... e intendo dire che siamo rimasti solo tu e io per tenere in vita la razza umana... e preferirei mangiarti per cena invece di fare sesso con te un'altra volta.»

Sbatto gli occhi. Che donna sanguinaria. E pensare che la chiamavo Airy Fairy perché era così dolce e femminile. «Sei ancora arrabbiata con me per quell'unica volta?»

Lei smette di correre e quindi mi fermo anch'io. Mi ficca un dito nel petto. «Non parlarne *mai* più, porco.»

«Ne hai parlato tu. Guarda, avevo vent'anni. Non puoi chiudere un occhio perché ero giovane?»

«No.»

«Perché no?»

Lei alza la testa. «Perché ero giovane anch'io e non ero una sgualdrina.»

«È perché non ti ho tenuta abbracciata dopo?»

Lei agita le braccia, sconvolta. «Perché sto parlando con te poi? Sono venuta qua per liberarmi dello stress, non per peggiorarlo.» Comincia a correre velocemente e io tengo il passo con lei.

«Ariana, mi dispiace. Ero un porco allora. In mia difesa...»

«No, nessuna difesa.»

«Non avrei dovuto fare... qualunque cosa sia tu pensi che abbia fatto.»

Lei si ferma bruscamente. «Io non lo penso. Lo so. E lo sai anche tu, ma sei troppo un porco per ammetterlo. Ora torna alla tua famiglia con il tuo problema non-poi-così-grosso, mentre io cerco di capire che cosa fare della mia vita.»

«Che cosa devi capire?»

Lei mi guarda a occhi stretti. «Vattene.»

«Se torno dalla mia famiglia, sarai semplicemente alla porta accanto. Poi la curiosità mi obbligherà a fermarmi da voi per capire che cosa hai in ballo.»

«Mio padre ti ucciderebbe.»

«Sai, mi sembrava che mi stesse guardando storto.»

Lei appoggia una mano sul fianco rotondo. «Ti sei mai chiesto che cos'è successo al casco che hai lasciato nella mia stanza?»

«Ho immaginato che l'avessi distrutto.»

«È quello che ho fatto. Ho rotto la visiera e l'ho buttato nella spazzatura. Mio padre l'ha trovato e l'ha riconosciuto. Sapevano tutti che andavi in giro su quella Harley.»

Abbasso la voce. «Quindi ha immaginato che avessi tolto la verginità a sua figlia?»

Lei mi fissa il petto. «La mamma ha notato le lenzuola mancanti. C'erano delle prove evidenti e non volevo occuparmene visto che sarei partita il giorno dopo, quindi le avevo nascoste in un altro bidone della spazzatura.» Alza gli occhi e mi fissa. «Si sono consultati sulle lenzuola e il casco e mi hanno affrontato. Ho confessato.»

«*Hai confessato?*» chiedo, incredulo. «Perché?»

Ariana alza di nuovo la testa. «Perché ero una brava ragazza.»

«Vero.» Non riesco a non sorridere al ricordo di lei, allora, che mi chiedeva di aiutarla arrossendo furiosamente. «Eri anche una sporcacciona.»

Lei distoglie gli occhi. «Mi hai rovinato.»

Spalanco gli occhi. «Cosa?»

Lei ricomincia a correre sulla pista e io resto lì a fissare quella macchia rosa che svanisce. L'ho rovinata? È per questo che non è mai tornata a casa?

Sento lo stomaco sottosopra. Ho rovinato l'innocente Airy Fairy? Mi sento malissimo. Era quella cosina dolce e adesso è una donna sanguinaria e sboccata. E tutto riconduce a me. Cioè, mi piace di più com'è adesso, ma magari sarebbe stata diversa se non fosse stato per me.

Cammino lentamente verso l'entrata del parco.

Un momento.

Non può dare tutta la colpa a me. È stato un solo pomeriggio. Cioè, certo, la prendevo in giro da ragazzini, ma è quello che fanno i ragazzini, giusto?

L'aspetto fuori dall'entrata del parco. Appena si dirigerà verso casa, la raggiungerò e le farò notare la palese verità: non è colpa mia se è una donna sanguinaria e sboccata.

Ariana

Uffa. Perché l'ho detto? Mi sforzo di correre più forte. Perché non dirgli semplicemente tutto e completare l'umiliazione? *Nessuno è stato all'altezza. Hai tormentato i miei sogni erotici per molto tempo, anche quando avresti dovuto essere già sparito. Mi sei sempre rimasto nella mente.* Diavolo no!

Rallento, respirando forte e mi concentro per mettere un piede davanti all'altro, cercando di tornare al mio solito stato Zen mentre corro. Una volta finito l'anello mi sento più me stessa.

Attraverso l'entrata del parco e squittisco quando mi si

avvicina un uomo grosso. Poi vedo chi è e lo colpisco sulla spalla. «Non avvicinarti di nascosto in questo modo! Ti ho quasi spruzzato con il peperoncino!»

Dylan mi fissa le mani vuote. «Con che cosa?»

Frugo nella tasca con la cerniera della mia felpa, trovando prima il telefono, un biglietto da venti dollari ripiegato, un fazzoletto accartocciato e finalmente tolgo lo spray al peperoncino, mostrandoglielo. «Visto?»

Lui si strofina la nuca. «Mi sa che dovresti essere un po' più pronta.»

Rimetto lo spray in tasca e chiudo la cerniera. «Mi stai seguendo? Non hai una società da gestire?»

«Rispondi solo a una domanda e ti lascerò in pace.»

Gli indico di proseguire, anche se francamente non ho voglia di rispondere a nessuna domanda. Sono così stressata in questi giorni che ho cominciato ad allenarmi mattino e sera. È già abbastanza brutto dovermi riprendere da un duro colpo emotivo. Metteteci anche vivere con i miei genitori per la prima volta da quando avevo diciotto anni ed è la centrale dello stress. Devo trovarmi un lavoro e un posto tutto mio, e alla svelta. E Dylan è l'ultima persona a cui confiderei qualcosa del genere.

«Come ho fatto a rovinarti?» mi chiede dolcemente.

Oh, diavolo. Non avrei mai dovuto ammetterlo.

Mi dirigo verso casa e lui mi resta accanto. «Non voglio parlarne.»

«Ariana, mi sento malissimo pensando di averti in qualche modo rovinato.»

Mi sento invadere dal calore sentendo il suo tono sincero. Inoltre, c'è qualcosa di veramente bello nel modo in cui pronuncia il mio nome. Decido di sospendere le ostilità.

«Non avrei dovuto dirlo. Ovviamente non mi hai rovinato. Ho avuto un matrimonio abbastanza decente, un buon lavoro, eccetera eccetera. Sono solo di malumore, ecco tutto. Non sono più abituata a vivere con i miei genitori e ho parecchie cose per la testa.»

«Ad esempio? Sputa il rospo.»

Stringo le labbra.

Passiamo davanti al signor McLaughlin, che indossa il suo solito basco grigio sopra i radi capelli bianchi. Ci rivolge un cenno di saluto. «Buon anno a tutti e due.»

«Buon anno» rispondiamo Dylan e io all'unisono.

«Ho sentito che hai divorziato» dice a me, abbassando le sopracciglia cespugliose. «Dev'essere stata colpa di quell'hippie californiano.»

«Grazie, ma è stato un divorzio consensuale» dico con voce tranquilla. Immagino che lo sappia tutto il vicinato. *Grazie, mamma!*

Il signor McLaughlin scuote la testa. «Ho detto ai tuoi genitori di non lasciarti andare in quel posto dimenticato da Dio, con tutto il loro yoga e le loro sciocchezze New Age.»

«Sta andando da Dooley?» chiede Dylan, rammentando la sua destinazione al signor McLaughlin. «Mi saluti Pete.»

«Salutalo tu. Arrivederci, voi due. Tornate a casa prima che faccia buio.» Si affretta ad andare al suo bar preferito. È piuttosto in gamba per avere più di ottant'anni.

Dylan sorride, con gli occhi azzurri che scintillano. «Pensa ancora che siamo bambini.»

«Io voglio dei bambini» dico senza riflettere e poi mi metto una mano sulla bocca. Che cos'ho che non va? Forse è perché sono fondamentalmente da sola per la prima volta da anni. Ho perso i miei amici in California a causa del divorzio e quelli che avevo qui si sono trasferiti tutti nei sobborghi con una famiglia tutta loro.

Camminiamo in silenzio verso casa.

Gli lancio un'occhiata. Sembra che stia riflettendo. Vorrei tanto rimangiarmi le parole. Ho i bambini in testa.

«Perché non hai avuto figli con tuo marito?»

Immagino di avere un disperato bisogno di un orecchio amico perché gli rispondo. «Lui non voleva figli. All'inizio ho accettato, poi ho cambiato idea.» *E poi abbiamo divorziato e lui sta per avere un bambino con Kiersten.* «Mi sono ritrasferita a Brooklyn per essere vicina ai miei genitori in modo che possano aiutarmi a crescere un bambino.»

Lui dà un'occhiata alla mia pancia. «Sei incinta?»

«No, ma lo sarò presto. Ho già scelto il donatore di

sperma e, appena troverò un lavoro, prenderò l'appuntamento per l'inseminazione. Mia madre pensa che sia pazza. Proprio non lo capisce.» Faccio un respiro profondo, nervosa solo al pensiero di mia madre. È sul piede di guerra per riuscire a farmi sposare prima che proceda con la faccenda del bambino. All'inizio erano solo inviti urgenti a chiamare il nipote di un'amica o roba simile, ma quest'ultima settimana ha deciso di occuparsene da sola e mi ha sorpreso (due volte) facendomi trovare un uomo single di mezz'età seduto in cucina, ad aspettare di conoscermi. Proprio non capisce che non sono pronta per una relazione. Sono passate solo due settimane da quando ho scoperto che il mio ex sarebbe diventato padre. Lui e Kiersten sono così disgustosamente felici che mi fanno venire voglia di vomitare.

«Huh» si decide finalmente a dire Dylan.

«Già» dico io, lieto che non abbia fatto più domande sul mio futuro figlio. Sono stanca di difendere la mia decisione. I figli sono importanti per me e voglio quello che mi è stato negato prima che si chiuda la mia finestra di fertilità. «Ho bisogno di trovare un lavoro e un posto per me; poi andrò avanti con il progetto del bambino.»

«Che lavoro facevi in California?»

«Le vendite e il marketing per una società di sviluppo immobiliare.»

«Huh.»

Sembra che stia riflettendo di nuovo. Non gli do altre informazioni. Non ho voglia di pensare al mio lavoro col mio ex e la sua famiglia in questo momento. Loro hanno spostato l'attenzione sui nuovissimi membri della loro famiglia e anch'io ho bisogno di guardare avanti.

Dopo un po', Dylan dice: «Dovresti parlare con mio padre di questa roba. È tutto eccitato perché sta per ottenere la licenza di agente immobiliare.»

«E passare al nemico? Mia madre mi ucciderebbe.»

Lui mi dà una gomitata. «Una volta mi hai permesso di attraversare le linee nemiche.»

Mi fermo di colpo sul marciapiede e mi metto le mani sui

fianchi. «Giuro su Dio, Dylan, se ne parli *ancora una volta*, ti prenderò veramente a calci in culo.»

Lui sbotta a ridere. «Tu?»

Lo guardo storto. «Non stai facendo molto per entrare nelle mie grazie.»

«*Nelle tue grazie*.» Ridacchia. «È quello che dovrei fare?»

«Sì.»

Dylan si avvicina e a voce bassa e roca dice: «Che ne dici di così? Sei più bella, divertente e forte di quanto fossi tanto tempo fa».

Resto a bocca aperta, ho il cuore che batte forte. «Quindi allora ero bruttina, noiosa e mite?»

Il suo sguardo va alle mie labbra, al collo e poi torna sugli occhi. «Non hai capito. Ti sto facendo un complimento.»

L'aria tra di noi si carica di colpo di elettricità.

Deglutisco forte. No, niente da fare. «Stai cercando di portarmi a letto di nuovo.»

«Guarda. So che non c'è niente che possa scusare il mio comportamento di allora, ma dai! Dovrebbe essere intervenuta la prescrizione, non credi?»

Mi concentro sul fatto che è un porco. Non sexy. Non così favoloso che riesco a malapena a pensare quando è così vicino, quando riesco a vedere le sue ciglia folte che incorniciano penetranti occhi azzurri e quella barba corta che ricordo così bene mentre mi baciava fino a farmi diventare una pozza di desiderio.

Ho la voce roca quando rispondo. «Resto comunque io la parte lesa.»

Dylan piega la testa di lato. «Mi sono autoinvitato nella tua stanza o mi hai pregato tu?»

«Dio, che voglia ho di far sparire a schiaffi quell'espressione compiaciuta.»

Lui sorride ancora un po' di più. «Visto? Non eri completamente innocente in questa faccenda.»

«Ero innocente finché...»

«Ti ho aiutato con il tuo piccolo problema.»

«Adesso possiamo smettere di parlarne» dichiaro, dirigendomi verso casa a passo spedito.

«Perché hai scelto me quel giorno?»

Non so se gemere o urlare.

«Conoscevi meglio Sean.»

«Sean è come un fratello per me» dico. «Lo conosco fin dall'asilo.»

«Allora perché hai scelto me?»

«Hai la mente a senso unico.»

«Vero, quando qualcosa mi interessa.»

Guardo diritto davanti a me. «Bene, se vuoi saperlo, è stato perché sembravi eccitante. Un ragazzo più vecchio ed esperto, con una motocicletta.»

«Immagino che due anni in più allora sembrassero tanti.»

Sospiro a lungo, in modo che capisca che non mi sto godendo questo imbarazzante tuffo nel passato.

«Perché mi guardavi sempre storto? Pensavo che mi guardassi dall'alto in basso. Mi hai veramente sorpreso, facendomi quella proposta.»

Guardo il cielo. «Vorrei seriamente che questa conversazione finisse.»

«Rispondi alla domanda e non ne parlerò più.»

Gli do un'occhiataccia.

«Le tue occhiatacce allora erano molto più rancorose.»

Soffio fuori il fiato. «Non erano rancorose. Ti guardavo storto perché insistevi a parlare del balletto ed ero stata obbligata ad abbandonarlo. Mi faceva male che me lo ricordassi continuamente. "Dov'è il tuo tutù?" La mia risposta era: sepolto insieme ai miei sogni.»

«Perché avevi rinunciato se era il tuo sogno?»

Smetto di camminare e sollevo il mio seno pesante. «Per via di queste.» Mi do uno schiaffo sul fianco e poi sul sedere. «E questi e questo.»

Il suo sorriso è lento e sexy. «A me piacciono queste e questi.»

Gli do un'altra occhiataccia e poi rido. «Beh, queste e questi non vanno d'accordo con una carriera da ballerina professionista.»

Continuiamo a camminare verso casa.

«Non potresti solo ballare per divertirti?» mi chiede.

«È stata dura rinunciare al mio sogno. Poi non sono più riuscita a provare gioia ballando.»

Arriviamo alle nostre case e restiamo in silenzio. Mia madre sta probabilmente osservandomi dalla finestra. Avrà parecchio da dire se pensa che sia andata a correre per incontrare uno dei nemici. Non riesco veramente a credere da quanto va avanti questa faida tra le nostre famiglie. Non possiamo lasciar perdere la faccenda del cucchiaio? Forse l'ha portato a casa per errore un altro ospite.

«Ehi, vuoi cenare con me qualche volta?» mi chiede Dylan quando arriviamo al marciapiede di fronte alle nostre case.

«Non posso.» Non voglio niente che assomigli a una relazione ancora per tanto, tanto tempo e l'ultima cosa che voglio è fare sesso con Dylan. So che ha parlato di una cena, ma so anche che c'è chimica, *parecchia* chimica tra di noi e so esattamente dove ci porterebbe.

Guardo la finestra sul davanti di casa mia e la tenda ricade. Già. La polizia materna è al lavoro.

Dylan abbassa la testa per guardarmi negli occhi. «Andiamo solo a bere qualcosa, allora.»

«No.»

«Troppo occupata? Eh sì, ti capisco. Disoccupata, vivi a casa dei tuoi.»

Mi si stringe la gola e sento gli occhi caldi. «Fottiti.» Avevo giurato che mi sarei presa il tempo di guarire dopo lo shock del mio ex che aveva deciso di avere il tipo di famiglia che non aveva mai voluto con me.

«Hai intenzione di perdonarmi, prima o poi?»

«Non è quello» riesco a dire a fatica. «Solo, non sono pronta. Niente appuntamenti, niente relazioni, niente sesso, niente.»

Dylan resta in silenzio.

Io fisso la punta delle sue sneakers nere. «Mi dispiace.»

Lui mi prende il mento, alzandomi la faccia verso di lui. «Non scusarti, Ariana.» C'è una tenerezza nel suo tono di voce che quasi mi distrugge. Non ho mai visto questo lato di lui e una parte di me vorrebbe appoggiarsi alla sua solida forza. Ma non posso lasciarmi attrarre.

Mi sforzo di assumere un tono neutro. «Allora, amici?»

Lui mi lascia il mento e mi accarezza la guancia con il dorso delle dita, facendomi fremere la pelle. «Sì, amici.»

Mi tiro indietro. «Perfetto. Arrivederci.» Mi affretto a salire le scale e quasi inciampo quando lo sento avere l'ultima parola.

«Per ora.»

5

Dylan

Il mattino seguente ho superato lo shock per il pensionamento di mio zio. Abbiamo fatto una lunga chiacchierata ieri sera alla sua festa e ha promesso di mostrarmi la sua lista di contatti e fare un resoconto di tutto entro questa settimana. Venerdì abbiamo un appuntamento con un avvocato in città per trasferire la proprietà della società a me e ai miei fratelli. Poi sabato partirà con il camper che lo aspetta nel New Jersey, già carico. Ha decisamente fatto un buon lavoro nel tenere tutto nascosto. Anche se non ho ancora capito perché ce l'abbia detto in questo modo. Forse pensava che sarebbe stata una bella sorpresa, come un regalo, invece del ceffone in faccia che è risultato. Per me, almeno.

Vivo vicino al nostro ufficio nel quartiere di Bay Ridge, a Brooklyn, quindi percorro i pochi isolati per timbrare il cartellino. I miei fratelli e io, insieme alla squadra, andremo da lì a un nuovo condominio nel Queens. Stiamo lavorando all'interno, e meno male perché fuori si gela.

Sto pensando a come potrebbe essere il futuro mio e dei miei fratelli con l'impresa che ora ci appartiene e l'espansione nel mercato immobiliare. Brooklyn, in questo momento, è un punto caldo e i distretti vicini potrebbero diventarlo presto. Se riusciremo a entrare in quel mercato, comprando proprietà in zone degradate, restaurando o demolendo e costruendo da zero, per poi vendere a prezzi alti... beh, sarebbe salire di livello, alla grande. E dato che facciamo parte di questa comunità, mi piacerebbe costruire parchi e campi gioco, rendendola più di una mera sfilza di appartamenti e spazi commerciali. Svilupperemmo dei *quartieri*, aiutando la comunità. Ho bisogno di fare altre ricerche, ma prima di tutto ho bisogno dei fondi da investire.

Nonostante ciò che dice mio padre, non mi sembra giusto chiedere i fondi a Gabriel, non quando ha dato a mio padre la corona e lo scettro che valgono una fortuna. Poi, di colpo, capisco. Mio padre li ha dati a me. Scommetto che renderebbero un sacco di soldi se li mettessi all'asta. Non solo per il valore dei pezzi in sé, ma per la loro storia. Potrebbe essere un'idea chiedere a mio padre se sarebbe possibile impegnarli. A volte ha dei momenti di malinconia, però, in cui si sente nostalgico. Potrebbe volerli tenere, solo per ammirarli. Mi dispiacerebbe tantissimo se poi dovesse rimpiangere di avervi rinunciato. Non so che cosa fare.

Apro la porta del nostro piccolo ufficio al primo piano. Sono due stanze e un bagno. La stanza davanti ha due scrivanie, per mio padre e mio zio, tre schedari, un fornelletto e il microonde su un tavolo in un angolo. La stanza dietro è per le riunioni, con un lungo tavolo e sedie. Niente di elegante, ma è sufficiente.

Mio fratello Connor, sei anni meno di me, è appoggiato alla scrivania di mio zio e ci aspetta con un caffè in mano. È snello ma forte e sempre meticolosamente in ordine, dal costoso taglio di capelli alla barba corta e curatissima. A volte penso che, tra tutti noi, era quello che avrebbe dovuto andare al college invece di unirsi a noi nella ditta di famiglia. Non fraintendetemi, è bravo con le mani, ma è anche riflessivo. Come se avesse un mucchio di cose in quel cervello. È il quarto della nostra banda di fratelli. I miei genitori dicono sempre che Connor era talmente un angioletto che avevano deciso di avere un altro figlio, ma poi si sono beccati Brendan, che li ha sbalorditi tanto era un diavoletto pestifero. Sono quasi certo che Garrett fosse un "oops" perché dopo di lui mio padre si era fatto fare una vasectomia e lui era stato l'ultimo della fila. Ehi, sei figli sono più che sufficienti. È stato divertente crescendo, ma guardando indietro non invidio mia madre che cercava di tenerci tutti sulla retta via. Ci ha veramente provato.

«Buongiorno capo» dice Connor. «Devo portarti un caffè?»

«Portami anche uova e bacon, già che ci sei» gli dico fingendo un tono altezzoso.

Lui sorride. «È proprio da zio Pat rendere così melodrammatico il suo pensionamento.»

Mi verso una tazza di caffè dalla caraffa che ha preparato lui. «Vero. Nemmeno una parola e poi, ehi, tra parentesi, la ditta è vostra. In bocca al lupo!»

Si apre la porta e mi guardo alle spalle, vedendo zio Pat. «Parlavamo proprio del tuo grande annuncio.»

Lui sorride e stiracchia le braccia sopra la testa. «Sono un uomo felice.»

«Sarà meglio che impari a giocare a golf e a bocce» dice Connor, «se vuoi confonderti con i nativi giù in Florida.»

«E anche a shuffleboard» aggiungo.

«Più che altro ho voglia di andarmene in giro con una golf cart.» Finge di guidare una di quelle macchinine elettriche. «Non sarebbe favoloso?»

Connor e io ci scambiamo un'occhiata divertita. Non sarebbe la mia scelta ideale per divertirmi, ma vabbè...

«Dylan, siediti alla mia scrivania» dice lo zio Pat. «Ti do il mio computer così avrai tutto quello che ti serve.»

Guardo il suo vecchissimo desktop, pensando già a come trasferire sul mio laptop le informazioni che ha in un software datato. Spero che non si riveli troppo difficile.

«Che ne dici di fine giornata?» gli chiedo. «Devo assegnare i compiti alla squadra per la giornata.»

«Fallo qui e poi delega la supervisione per un po'. Ho delle cose da fare, bello mio.»

«Sì, va bene.»

Dopo aver assegnato i compiti alla squadra, mi sistemo alla sua scrivania mentre tutti gli altri escono. Sono le due ore più lunghe della mia vita. Innanzitutto, il computer ci mette un'eternità a caricare i file che vuole mostrarmi. E mio zio parla così tanto prima di cliccare il mouse che sono quasi catatonico. Gli mostro come fare uno screenshot in modo da poterlo vedere successivamente. Quando arriviamo alla fine, ho visto il suo software per la contabilità, che condivide con mio padre, e la sua lista dei contatti, ma non mi sembra ancora di sapere che cosa dovrò esattamente fare.

«Come farò a ottenere nuovi lavori?» gli chiedo. «Non ho la tua rete di conoscenze. Voglio dire, a parte la lista dei contatti.»

Lui si mette comodo, con le mani dietro la testa. «Sì, la gente conosce la mia reputazione, quindi ottengo un mucchio di lavori grazie al passaparola. Invieremo un annuncio a tutti i miei contatti riguardo alla tua nuova posizione come amministratore delegato appena avremo ufficializzato la cosa e sono sicuro che la gente verrà da te altrettanto facilmente.» Alla mia occhiata scettica, aggiunge: «Non preoccuparti. Il passaparola ci sarà e presto avrai anche tu la tua rete di contatti. Andrà tutto bene. Devi imparare a pianificare per il futuro però. Non pensare: "Oh, abbiamo questo grosso lavoro in ballo, quindi siamo a posto, posso smettere di cercare un nuovo contratto". Bisogna *sempre* essere alla ricerca dei prossimi due, tre progetti, capito?».

«Sì.»

Mi dà una pacca sulla spalla. «Bene. Ho fiducia in te. Sono oramai un paio d'anni che ti sto preparando. Perché pensi che ti abbia coinvolto tanto nella parte commerciale dell'azienda?»

«Sì, certo, ma non sono mai stato io quello che otteneva nuovi contratti. Mi coinvolgevi una volta ottenuto il lavoro.»

Lui inclina la testa. «A me piace incontrare gente. Gli amici degli amici diventano miei amici.»

«Avrei dovuto partecipare a quelle riunioni.»

«Ma avevo ancora bisogno di te per gestire la squadra. Non potevo staccarti troppo spesso, altrimenti i progetti sarebbero andati a gambe all'aria. Sei pronto, fidati.»

Pronto o no, eccomi. «Grazie.»

Zio Pat si alza. «Devo scappare. Tua zia vuole che l'aiuti a impacchettare il nostro appartamento.» Hanno intenzione di mettere tutto in un magazzino finché non avranno trovato un posto adatto in Florida. Fino ad allora vivranno nel camper. Ce l'ha detto ieri sera, alla festa "sorpresa, sorpresa, vado in pensione".

«Ancora una cosa» gli dico. «Che ne pensi dell'idea di aggiungere una nuova branca all'azienda? Rourke Management per il futuro sviluppo immobiliare. Il valore dell'azienda è praticamente tutto nel nome Byrne Costruzioni, quindi voglio tenerlo e fare un'aggiunta.»

Lo zio sorride. «Sapevo che con le tue idee di ristrutturare case per rivenderle avresti voluto entrare nello sviluppo immobiliare. Penso che sia una bella cosa. Fai quello che vuoi, purché continui a prosperare.» Mi punta un dito addosso. «Stai solo attento a non fare troppi debiti. Comincia in piccolo e parti da lì. Devi costruirti un cuscinetto per pagare gli stipendi.»

Raddrizzo la schiena. «Certo.» È tutto sulle mie spalle adesso, assicurarmi che i miei fratelli e la squadra siano pagati. Sono venti persone che dipendono tutte da me.

«Ci vediamo» dice allegramente e se ne va.

Mi guardo attorno prima di concentrarmi sul suo computer. Dovrei mandare i file a me stesso per e-mail, o metterli su una chiavetta. *Per favore, ditemi che questo coso non richiede i floppy disk.* Controllo la parte posteriore e trovo una presa dove inserire una chiavetta, poi ne cerco una nei cassetti della scrivania, trovando solo Mini Snickers, penne, matite e menu dei take-out. Cazzo. Prenderò tutto questo dannato affare. Spengo il computer, tolgo le spine e ritorno nel mio appartamento con quello tra le braccia.

Lo appoggio sul tavolo della sala da pranzo e scendo nel garage per prendere la mia Harley. Non sono andato con gli altri in uno dei nostri pick-up, quindi ora ci devo andare da solo.

Quando arrivo al condominio nel Queens, appartamenti nuovi ricavati da una vecchia fabbrica di pianoforti, sono le undici passate. Faccio il giro, controllando gli operai e dico ai miei fratelli di venire a pranzo con me in un ristorantino poco lontano. Fanno degli ottimi hamburger. Accettano tutti senza fare problemi, eccetto Brendan, il diavoletto, che adesso mia madre definisce "suscettibile", dicendo che "ha bisogno di cambiare atteggiamento". Ha venticinque anni e sembra avercela col mondo intero. Ha qualcosa da dimostrare.

«Come vuoi, capo» dice Brendan quando gli chiedo di vederci a pranzo. Ha un tono di voce che non mi piace.

Incrocio le braccia. «Sarà un problema per te? Il fatto che sia io il capo invece di zio Pat?»

Lui allarga le braccia. «Resto comunque un sottoposto, chiunque lo sia.»

«Se non ti piace lavorare qui, quella è la porta» gli dico indicando la porta con il pollice.

«Sono un co-proprietario, adesso. Non puoi licenziarmi.»

«Chi ha parlato di licenziarti? Ti sto dando una scelta: o sei con noi o te ne vai.»

Lui fissa la porta come se ci stesse pensando.

«Perché credi che lo zio Pat abbia nominato me amministratore delegato?» gli chiedo.

Lui si volta a guardarmi. «Perché sei il più vecchio.»

«Sì, già, è anche perché lavoro fianco a fianco con lui da quando sono stato in grado di tenere in mano un martello. Ho cominciato a lavorare con lui quando avevo sedici anni, diversamente dal resto di voi, che ve la siete presa comoda alle superiori e non avete mai dovuto cercare un lavoro perché ne avevate uno che vi aspettava, appena lo aveste voluto. Ci ho messo impegno e sudore.»

«È stata una tua scelta di lavorare durante le superiori e comunque era solo part-time.»

«Quindi, stai dicendo che vuoi il mio posto?»

Lui alza il mento, belligerante. «Voglio essere a capo di qualcosa.»

«Tipo?»

«Non lo so. *Qualcosa*.» Sbuffa. «Sono solo irrequieto.»

Mi strofino la guancia. «Se giochi bene le tue carte, potrei avere qualcosa per te.»

Lui spalanca gli occhi. «Davvero?»

«Sì, purché accetti il fatto che io sia l'AD.»

«Che cosa ne ricavo?»

«Una botta in testa se non stai attento.» Gli do uno spintone. «Ci vediamo a pranzo.»

~~~

Aspetto che tutti siano stati serviti (abbiamo preso tutti un hamburger), prima di esporre le mie idee. Immagino di avere cinque minuti per tirar fuori tutto, mentre hanno le bocche piene.

«Okay, vi ho chiesto di venire perché ho un'idea sul futuro della nostra ditta.» Sento una scossa che mi attraversa, pensando dove potrebbe portarci quest'idea. «Ci espandiamo dalla pura costruzione allo sviluppo immobiliare. Le proprietà sono calde qui intorno. Guardate solo a D.U.M.B.O.» Era un'area industriale derelitta sotto il ponte di Manhattan che era stata sviluppata diventando un'area esclusiva a destinazione mista, residenziale e commerciale. Adesso è un'area alla moda e costosa. Il quartiere più costoso di Brooklyn.

«Proprietà? Lo zio Pat ci ha lasciato anche una pentola piena di soldi?»

Scuoto la testa. *Mi piacerebbe.* «Dovremo trovare i fondi, ma presumendo che riesca a trovarli, che ne pensate? Vorrei che diventassimo sviluppatori di quartieri, aggiungendo verde e parchi gioco, magari un centro comunitario se ci riusciamo, mentre costruiamo o ristrutturiamo gli spazi residenziale e commerciali. Potrebbe essere una cosa grossa per noi, molto meglio del ristrutturare case malridotte per rivenderle. Saremmo in grado di restituire qualcosa alle comunità.»

Tutti gli occhi sono puntati su di me, gli hamburger a mezz'aria. Li guardo: Sean, il mio braccio destro quando ho bisogno di delegare; Jack, il tipo quieto che fa continuamente scherzi; Connor, l'angelo; Brendan, il diavolo; e Garrett, la bestia (per via dei suoi enormi muscoli). Mi sono sempre occupato dei miei fratelli minori e adesso sono ufficialmente responsabilità mia. Dobbiamo fare squadra. Sono intelligenti
~~~

e forti lavoratori. Non potrei desiderare una squadra migliore.

«Sembra un mucchio di lavoro» dice Connor. «Più di quanto permetterebbe il personale che abbiamo.» Torna a mangiare il suo hamburger.

«Cominceremo in piccolo» dico. «Ogni progetto aiuterebbe a finanziare quello successivo.» Sento un'altra ondata di energia quando capisco come potrebbe svolgersi in quel modo. «Papà potrebbe essere il nostro addetto alle vendite e oltre a tutto sarebbe il primo a sapere delle proprietà in vendita.»

«È per questo che papà ha probabilmente scelto di andare in quella direzione» dice Sean riflettendo. «Aveva saputo prima di noi che lo zio voleva ritirarsi. È il motivo per cui ci ha spinto a chiedere un prestito a Gabriel.»

«Sì. Voglio trovare un altro modo, ma che ne pensate?»

«Io ci sto» dice Sean.

I miei fratelli grugniscono il loro accordo e tornano a mangiare.

Sean interviene di nuovo. «Sappiamo come sviluppare un intero quartiere? Potremmo fare bancarotta con un errore. È rischioso. Non dico che non ci sto, solo che dovremmo sapere quello che stiamo facendo prima di fare il salto.»

Ci sto pensando fin dalla mia chiacchierata con Ariana della sera prima. Potrei consultarmi con lei, sfruttare la sua esperienza con una società di sviluppo immobiliare. Anche se non avrà tutte le risposte, potrebbe indicarci la direzione giusta. Se mi sarà d'aiuto, magari potrei assumerla come consulente.

«Conosco qualcuno che ha esperienza nello sviluppo immobiliare» dico. «Ariana Bianchi.»

Brendan picchia una mano sul tavolo, mastica e deglutisce. «Fai comunella con il nemico? Mamma lo sa che intendi passare nel campo avversario?»

Sean mi lancia un'occhiata sorniona. «È già passato alla grande, da quanto ho sentito.» Lo guardo con gli occhi stretti, la minaccia universale dei fratelli maggiori che significa: "Stai zitto o ti prendo a calci in culo".

«Tu e Ariana?» chiede Connor, con il bicchier d'acqua a metà strada verso la bocca. «Come mai non ne so niente?»

«Pettegolezzi di quartiere» dico. «Comunque, è tornata in città. Potrei chiederle qualche consiglio su quello che succede nello sviluppo immobiliare.»

Sean picchietta il dito sul tavolo. «Niente di tutto questo potrà succedere senza soldi. Dove pensi di ottenere quel tipo di contante?»

Abbasso la voce, facendo loro segno di chinarsi verso di me. «Ricordate quella corona e lo scettro? Devono valere una fortuna. Se papà è d'accordo potremmo venderli all'asta.»

Sean non sembra d'accordo. «Non puoi venderli. Sono le insegne reali di papà.»

«Cui lui ha rinunciato spontaneamente» gli faccio notare.

«Per la miglior donna al mondo.» Garrett, con la sua anima sensibile nascosta sotto i suoi muscoli bestiali, dice quello che stiamo pensando tutti. È quello che dice sempre papà.

«Non mi sembra giusto» dice Connor. «È comunque un'eredità, che è stata passata a lui e che lui ha trasmesso a te.»

«Lo è anche questa società» gli faccio notare. «E forse a papà piacerebbe che la corona e lo scettro ci aiutassero invece di restare chiusi in una cassaforte. Ne parlerò con lui.»

Sono tutti d'accordo che li useremo, se starà bene a lui.

«Io potrei essere quello che cerca posti nuovi» dice Brendan. «Potrebbe essere il mio settore.»

«Certo, perché no» dico. Se vuole essere a capo di un settore, può averlo. Ha la stessa esperienza di chiunque altro di noi in questa nuova impresa, vale a dire nessuna del tutto. «Quando avrò fatto più ricerche, tutti potrete trovarvi la vostra nicchia. Avrò comunque bisogno di voi nella squadra almeno per un po'.»

Sembra che tutti siano d'accordo quindi finalmente comincio a mangiare il mio hamburger. Potrebbe funzionare con un po' di fondi iniziali. E non vorrebbe semplicemente dire riprendere da dove zio Pat ha lasciato. Vorrebbe dire cominciare qualcosa di nuovo dal niente, una cosa che i miei fratelli e io possiamo dare come contributo al nome della famiglia Rourke. Come hanno fatto i miei cugini a Villroy. Mi piace come idea e mi sembra persino migliore che non restare seduto in un palazzo a vivere una vita facile. È qui che la mia famiglia doveva essere da sempre. E non posso fare a meno di pensare che discendiamo da una famiglia reale e stiamo per lanciare una dinastia proprio qui, che andrà avanti per generazioni. Adesso capisco perché a mio padre importa tanto passare a me qualcosa di valore, perché adesso potrei avere anch'io qualcosa di durevole da passare ai miei figli. Potremmo farlo tutti noi.

La dinastia Rourke comincia ora.

Dopo il lavoro e dopo aver mangiato un boccone mi dirigo a casa dei Bianchi per vedere di fissare una cena di lavoro con Ariana per venerdì sera. Per allora l'azienda sarà ufficialmente mia e saprò che cosa ne pensa papà di trasformare la corona e lo scettro in qualcosa che per me abbia più valore.

Trovo un punto per parcheggiare sulla strada a qualche porta di distanza. Ariana ha detto no a una cena normale, ma una cena di lavoro è un'altra cosa. La verità è che ho pensato moltissimo a lei dopo la nostra corsa nel parco di ieri sera. È passato parecchio tempo da quando una donna ha veramente attirato il mio interesse. Lei è piena di spirito, intelligente e sexy da morire. Anche con la sua sofisticata laurea e lo stile di vita californiano, in fondo è sempre una ragazza di Brooklyn, forte e con i piedi ben piantati per terra. Una volta pensavo che fosse altezzosa e che mi guardasse dall'alto in basso come se lei fosse migliore di me, mentre per tutto il tempo lei era semplicemente ferita dalle mie prese in giro perché le ricordavano ciò a cui aveva dovuto rinunciare. Se me lo avesse detto allora, sarei rimasto zitto e non avrei più parlato di quello stupido tutù. Ma non me lo aveva detto e quindi la situazione è questa.

C'è una vocina nella mia testa che mi dice di essere cauto con lei. Che è ancora scossa dal suo divorzio. Il fatto è che dopo anni di relazioni superficiali senza importanza cerco veramente qualcosa di reale. Ci sono state solo due donne con cui sono rimasto per qualche mese, ma alla fine il sentimento non era abbastanza forte da tenerci insieme. Non posso fare a meno di pensare che sia una buona cosa che Ariana voglia metter su famiglia. Significa che è pronta a sistemarsi esattamente come me. Quando sarà il momento forse potremmo portare la nostra amicizia a un altro livello. Spero che per allora non sia già incinta con il bambino di un altro. Accidenti, le cose sono già complicate così.

E poi c'è il problema della faida dei nostri genitori. Ok, innanzitutto la faida *non* è stata colpa della nostra famiglia. È cominciata a una festa di quartiere a casa dei Bianchi anni e anni fa. Credo di avere avuto nove anni. Il nostro quartiere risale al diciannovesimo secolo con più generazioni di irlandesi, italiani, polacchi e tedeschi che si sono sistemati qui e poi sono rimasti. Vale a dire che è un gruppo di gente molto unita che si saluta per strada e che festeggia assieme. È composto per la maggior parte da irlandesi-americani come la famiglia di mia madre. I Bianchi sono italiani e questo significa che frequentiamo la stessa chiesa. Comunque, dopo la festa a casa dei Bianchi la mamma aveva notato che papà aveva riportato la sua terrina ma non il cucchiaio da portata, mentre lei era indaffarata con tutti noi ragazzi. Quindi il giorno successivo era andata alla porta accanto chiedendo di riavere il cucchiaio. La signora Bianchi aveva dichiarato di non averlo mai visto.

Mamma non le aveva detto in faccia che era una bugiarda, nostra madre è una donna di classe, ma era tornata a casa furiosa dicendo che la signora Bianchi era una ladra perché aveva sicuramente visto quel cucchiaio dato che ricordava distintamente che si era complimentata per il disegno sul manico.

Il litigio per quel cucchiaio avrebbe potuto essere dimenticato col tempo, ma poco dopo i Bianchi avevano preso un cane, senza mai costruire una recinzione decente intorno a loro cortile, grande quanto un francobollo e per la maggior parte cementato. Il cane sfuggiva regolarmente da una fessura della vecchia recinzione di legno e preferiva fare i suoi bisogni sul nostro cortile erboso. Papà avrebbe voluto riparare la staccionata, ma la mamma non ne aveva voluto sapere. Era responsabilità dei Bianchi.

E la guerra era cominciata.

Così la mamma e la signora Bianchi si rifiutano di parlarsi o di ammettere di conoscersi anche se le nostre case sono una attaccata all'altra e loro frequentano la stessa chiesa. A entrambe comunque non sfugge nulla, si controllano come falchi sempre pronte ad avventarsi sulla minima offesa per riferirla ai loro mariti, da cui si aspettano che riportino doverosamente il messaggio all'altro marito. L'unico motivo a cui riesco a pensare perché questa faida sia durata così tanto è che la mamma si era ritrovata con troppo tempo libero una volta che io e i miei fratelli siamo diventati adulti. Lavorava come volontaria alla scuola e al banco alimentare ma comunque non era abbastanza. La signora Bianchi era diventata un punto focale in un momento in cui probabilmente ne aveva bisogno.

Scendo dalla moto e mi prendo un po' di tempo per arrivare alla porta dei Bianchi. So benissimo di essere in territorio nemico dovendo cominciare a trattare con i signori Bianchi che da anni non fanno che darmi occhiatacce. Sono pronto con le mie maniere migliori e un'offerta di pace. Mi hanno insegnato l'etichetta anche se non sempre scelgo di usarla.

Suono il campanello e tengo gli occhi puntati diritti davanti a me. Se mia madre sta osservando dalla porta accanto non voglio sentire le sue frecciate nella schiena, o, peggio ancora, che si metta a gridare che diavolo sto facendo qui.

La signora Bianchi viene ad aprire la porta. È piccola, sui cinquanta, con i capelli castano scuri che le arrivano alle spalle, senza traccia di grigio. In effetti, i suoi capelli sembrano identici a quelli di mia madre per colore e stile eccetto che la signora Bianchi ha la frangia. Devono andare dalla stessa parrucchiera. Non sarebbe divertente vedere le due che si ignorano, sedute fianco a fianco, mentre si fanno fare lo stesso taglio di capelli? I suoi profondi occhi castani brillano attraverso gli occhiali rotondi.

Stringe le labbra e mi dà un'occhiataccia. «Dylan Rourke. Non cominciare a ronzare intorno alla mia Ariana.»

«Salve signora Bianchi. Questi sono per lei.» Tolgo da dietro la schiena un mazzo di rose rosse.

Lei spalanca gli occhi. «Oh!» dice sorridendo e si porta una mano al petto. «Per me?» Le afferra e annusa. «Non riesco a ricordare l'ultima volta in cui ho ricevuto delle rose!» Alza gli occhi su di me. «Entra, entra! Perché stai qui fuori al freddo?»

Primo ostacolo superato. Entro in una casa con la disposizione praticamente identica a quella dei miei genitori, solo che i Bianchi tengono chiuse le porte a scomparsa tra il soggiorno, la cucina e la sala da pranzo. Ci sono un paio di sedie imbottite rosa chiaro e un divano sbiadito davanti alla TV montata sopra il camino di mattoni. Ovviamente il signor Bianchi è in forte inferiorità numerica in questa casa, con una moglie e due figlie. Fiori e tessuto rosa su cui sedersi. Per il suo bene, spero che abbia un suo rifugio personale nel seminterrato.

La signora Bianchi mi fissa incuriosita, continuando a tenere strette le rose.

Mi schiarisco la voce. «C'è Ariana?»

«Sì. È qui.» Alza le rose. «Devo metterle in un vaso. Hai fame? Seguimi.» Apre la porta a scomparsa e si dirige alla cucina sul retro. I miei genitori hanno invertito la disposizione, mettendo la sala da pranzo sul retro.

La seguo. «No, grazie. Non ho fame, signora. Ho già mangiato.»

Lei prende un vaso di vetro da un armadietto in alto e fa con calma, riempiendolo a metà d'acqua e poi sistemando le rose. Alla fine, lo mette al centro del tavolo di formica della cucina, sorridendo alle rose, poi sembra ricordarsi di me. «Siediti. Ho dei manicotti.» Prende un bicchiere dall'armadietto, lo riempie d'acqua dal rubinetto e volta la testa per chiedermi. «Ti piacciono i manicotti?» Poi appoggia il bicchiere sul tavolo.

In effetti non ho voglia di restare seduto al tavolo della cucina e mangiare quando non ho fame. Voglio che si faccia viva Ariana. «In effetti ho appena mangiato.»

Lei arriccia il naso. «La cucina di tua madre? Non va.

Lascia che ti porti qualcosa. Magari un po' di torta al limone.» Apre la porta del frigorifero. Strano come pensi che vada a casa per mangiare. Vivo da solo da anni oramai.

Prende il dolce e lo mette sul ripiano dando un calcio alla porta del frigorifero per chiuderla, con un piede alzato dietro di lei. «Dylan, devo dire che è così bello sentire le tue buone maniere. I giovanotti di questi giorni con le loro parolacce e loro... beh! Non riesco nemmeno a parlare di quella gente!»

Non riesco a fare a meno di stuzzicare l'orso. «Mia madre mi ha educato nel modo giusto.»

«Pff. Siediti.» Indica la sedia di vinile rosso su cui non mi sono ancora seduto.

Mi siedo solo perché almeno le cose andranno avanti.

Qualche minuto dopo ho davanti a me una fetta di torta e una forchetta su un tovagliolino di carta. La signora Bianchi è seduta davanti a me al tavolo rettangolare e mi guarda ansiosa. Non sono tipo da dolci ma comunque ne prendo un boccone. «Molto buona.»

Lei si china in avanti abbassando la voce. «Voglio che tu sappia che so cos'è successo tra voi due tanti anni fa e *non* sono stata contenta di sentirlo, a dir poco.»

Me l'ha chiesto sua figlia! Ma non posso gettare Ariana nella fossa dei leoni. Ha già confessato il crimine e probabilmente ha già sentito tutte le prediche dei suoi genitori durante il lungo viaggio in auto con il rimorchio mentre l'accompagnavano al college in California, quindi prendo un grosso boccone di torta e dico: «Un'ottima torta al limone».

«Comunque inutile rimuginarci sopra.» Si strofina le mani come se stesse ripulendole da quel brutto affare. «Ariana ha voltato pagina. Siete entrambi single e avete l'età giusta per sposarvi, quindi hai la mia benedizione per riprendere da dove eravate rimasti.»

Quasi soffoco col boccone di torta che ho in bocca, afferro il bicchiere e bevo con gli occhi che lacrimano.

«Purché non succeda a casa mia» aggiunge.

Grazie?

Appoggio il bicchiere d'acqua sul tavolo. «Buono a sapersi. Io, uh, l'apprezzo signora.» Chi sapeva che un mazzo di rose avrebbe potuto farmi arrivare così lontano? Fino al letto di Ariana con la benedizione di sua madre.

La signora Bianchi mi studia attentamente. *Riuscirò mai a vedere Ariana?* Penso che la signora Bianchi voglia mettere sul tavolo le sue condizioni prima di chiamare sua figlia, dovunque si sia nascosta

Ripiega le mani sul tavolo davanti a sé. «So che hai un buon lavoro. Amministratore delegato della Byrne Costruzioni.»

«È stata Ariana a dirglielo?» Perché non è ancora di dominio pubblico. Lo zio Pat vuole aspettare ad annunciare il cambio di proprietà fino a quando diventerà ufficiale. Se Ariana sta parlando di me, è un buon segno.

Lei agita una mano con indifferenza. «No, solo voci di strada.»

Mi viene in mente da chi possa averlo sentito. «È stata mia madre a dirle che sono il nuovo amministratore?» Non si parlano da anni per quanto ne so, ma non riesco a pensare da chi altro possa averlo saputo la signora Bianchi. Mio padre non attraverserebbe mai le linee nemiche e i miei fratelli sanno di dover stare zitti fino a quando zio Pat lo annuncerà.

Lei sbuffa. «Non ci parliamo. Le ho detto che non ci saremmo più parlate e lei è stata d'accordo. L'ha detto quando è capitato che stesse riportando dentro i bidoni della spazzatura nello stesso momento in cui io stavo ritirando il giornale. Non è stata una conversazione, solo una parola detta per strada.»

Oh-kay. Immagino che sia importante scambiarsi informazioni sui successi dei loro figli. C'è in corso una strana competizione.

Lei mi fa cenno di mangiare ancora un po' di torta. Io proprio non ho più spazio.

«Ariana è di sopra?» chiedo.

Lei alza un dito e strilla rivolgendosi al soffitto: «ARIANA! C'è un gentiluomo in visita per te.»

Reprimo una risata. Questa non l'avevo mai sentita.

La signora Bianchi sorride serenamente. «Scenderà tra un

minuto.» Mi sta osservando quindi prendo un altro piccolissimo boccone di torta.

Ariana appare qualche minuto dopo, aggrotta la fronte quando mi vede e poi si rilassa. «Ah, sei tu.»

«Aspettavi un altro gentiluomo?» le chiedo con un sorriso. È carina, con un maglione a righe turchesi e nere, jeans sbiaditi e calzini antiscivolo con i gufi. Ha i capelli castano scuro sciolti scompigliati in modo sexy e abbastanza lunghi da poterli avvolgere intorno al mio pugno. Niente trucco, non ne ha bisogno. È una bellezza naturale.

«Meglio che non lo sappia» dice guardando torva sua madre.

«Ariana!» esclama allegramente sua madre. «Dylan mi ha portato un magnifico mazzo di rose rosse, proprio come un gentiluomo in visita. Dimostra un po' di gratitudine. Non capita tutti i giorni di trovare un uomo che sappia come corteggiare una ragazza nel modo giusto.»

Corteggiare una ragazza? La signora Bianchi è più all'antica di quanto credessi. Deve aver dato di matto quando Ariana ha confessato di aver fatto sesso con me. *Nella sua stanza di ragazza.* Direi che me la sono cavata alla grande ricevendo solo occhiatacce. Sembra che abbia avuto fortuna nella scelta dell'ora in cui venire perché il signor Bianchi non è ancora tornato dal lavoro. Non credo che le rose avrebbero avuto lo stesso effetto su di lui. Non so che cosa avrebbe funzionato con lui a parte dimostrarmi umilmente grato perché mi permetteva di parlare con sua figlia.

«Mamma, siamo solo amici» dice infine Ariana.

«Può cambiare» canticchia sua madre.

Ariana guarda il soffitto prima di posare i grandi occhi castani su di me. «Grazie per aver portato le rose a mia madre» dice doverosamente, in tono robotico. Poi, con un tono un po' più normale per lei, chiede: «Che succede?».

«Volevo sapere se saresti disponibile per una cena di lavoro venerdì.»

«Cena di lavoro?» ripete lei. «Abbiamo questioni di lavoro da discutere?»

«Sì.»

«È libera!» esclama sua madre. «Non ha assolutamente niente in programma! Continuo a ripetertelo. Devi uscire. Iscriverti a uno di quei siti dove devi strisciare il dito, su o giù, devi fare qualcosa! O vai al bingo della chiesa. Certo, al bingo la gente è un po' più vecchia, ma ha dei nipoti. Tutto quello che devi fare è chiedere.»

Sorrido ad Ariana, che sembra non sapere se sbuffare o gridare. A quanto pare la signora Bianchi ha fretta che la figlia ricominci a frequentare qualcuno.

Sua madre si alza e va verso la torta al limone sul ripiano. «Ecco, Ariana, siediti e mangia un po' di dolce con il tuo attraente amico.»

Ariana alza una mano. «No, grazie. E, mamma, per favore, il divorzio è appena diventato definitivo. Potresti smetterla con la tua manfrina "devi trovarti un uomo"?»

Sua madre abbandona la torta per mettersi di fianco a me e darmi di gomito, dicendo, in un sussurro teatrale: «Questa poi, il divorzio è diventato definitivo sei mesi fa ed erano già separati da un mese». Poi si rivolge ad Ariana: «Pensi che i tuoi ovuli stiano diventando più giovani? No. Sono gli stessi ovuli con cui sei nata. Gli ovuli di trentun anni scadono. Desideri tanto un bambino e sarò felice quando succederà, credimi, ma prima ti serve un uomo. Un *marito*, non una *fotografia anonima* in un raccoglitore. Quel tipo di uomo potrebbe essere un pazzoide.»

Raccoglitore?

«Mamma, ti ho spiegato che è tutto digitale adesso; non ci sono *raccoglitori di uomini*.» Ariana alza le braccia, arrendendosi. «E chi credi che ci sia in quelle app per appuntamenti? Fotografie di uomini anonimi.»

«Ma poi puoi conoscerli di persona, diversamente da quei raccoglitori.» Sua madre ha abbassato la voce come se si trattasse di una cosa indicibile.

Ariana si appoggia una mano sul fianco. «Forse mi limiterò a strisciare a destra su un'app di futuri papà.»

Futuri papà? Ah, giusto! Stanno discutendo di quella faccenda della banca del seme.

Sua madre rizza il pelo. «Non fare "insolente, Ariana Maddalena! Non ci sono app per i futuri papà. Grazie a Dio!»

«Maddalena» mimo con la bocca, guardando Ariana.

«Chiudi il becco» mima anche lei.

Mi alzo. «Allora, sei disponibile venerdì?»

«È disponibile» risponde sua madre per lei.

Ariana sospira. «Sì. Cena venerdì per *lavoro.*»

«E magari anche un po' di piacere» aggiunge sua madre.

Ariana arrossisce. «Mamma!»

Sua madre alza le mani, a palmo in su. «Che c'è? Bisogna parlare chiaro. Non hai tempo per girarci intorno con i tuoi ovuli in scadenza.»

«Perfetto» dico, cercando di non ridere. «Verrò a prenderti alle sei.»

«Va bene» risponde lei, senza entusiasmo. Non so se questa mancanza di entusiasmo sia a causa mia o per come sua madre l'ha messa in imbarazzo.

«Aspetta! Hai intenzione di venirla a prendere con la moto?» chiede sua madre in tono inorridito. «No, no. Potete prendere la mia Honda. Molto più sicura. Oh, Dylan, non hai finito la torta al limone. Aspetta. Te la incarto così puoi riportarla al tuo appartamentino da scapolo.» Prende il piatto e canticchia, girando la testa: «Devi sentirti solo».

La ignoro anche se, sì, sta diventando sempre meno gradevole vivere da solo. «Grazie, signora Bianchi.» Aspetto mentre mi prepara il dolce. Ariana sembra tesa, quindi le faccio l'occhiolino.

Lei scuote la testa.

Sua madre mi porge sorridendo la torta avvolta nell'alluminio. «Ecco.»

La infilo nella tasca della giacca di pelle. «Grazie, signora.» Poi il diavolo che c'è in me prende il sopravvento. «Dirò a mia madre che la saluta.»

Lei mi guarda storto. «Noi non ci parliamo.»

No-o-o. Si vantano solo occasionalmente dei propri figli, con dichiarazioni generali quando sanno che l'altra è a portata d'orecchi.

«Dovreste parlarvi, invece» dico. «Avete molto in comune, siete entrambe belle donne piene di vita.» Sì, ci sto andando giù pesante, ma questa *qualunque cosa sia* con Ariana, funzionerà meglio se le nostre madri non si staranno facendo la guerra.

Sua madre ridacchia. «Oh, smettila, mi stai adulando.» Si liscia i capelli, sorridendo.

Mi rivolgo ad Ariana: «Arrivederci».

Mi volto per uscire mentre sua madre dice a voce alta: «Non incolpare il figlio per i peccati della madre, dico sempre. Accompagnalo alla porta!».

«Siamo solo amici» dice Ariana. «Può trovare la strada da solo.»

«Non è così che ti guarda. Sciò. Accompagnalo.»

Mi fermo e mi volto, a metà del soggiorno. La signora Bianchi mi rivolge un sorriso e alza i pollici, poi dà ad Ariana una piccola spinta nella mia direzione.

Ariana fa una smorfia e viene da me. «Permettimi di accompagnarti per i due metri che mancano alla porta.»

«Mi sembra la cosa giusta da fare per il tuo gentiluomo in visita.»

Lei abbassa la voce. «Non riesco nemmeno a... per favore, non incoraggiarla.»

«Di che cosa sta parlando, uomini in un raccoglitore? Riguarda la banca del seme?»

«Lascia perdere, mia madre parla troppo.»

«Peccato che le nostre madri non si parlino, perché potrebbero dirsi all'infinito che siamo entrambi single e non abbiamo dato loro dei nipotini.» E mia madre per fortuna non è mai stata così aggressiva come la tua, aggiungo mentalmente. Anche se non manca di accennarlo ogni tanto.

«No comment.»

Sorrido. Sua madre è una forza. È divertente da vedere quando capita a qualcun altro.

«Di che lavoro dovremmo parlare a cena?» mi chiede quando arriviamo alla porta.

«Volevo farti qualche domanda sullo sviluppo immobiliare. È una cosa che avrei intenzione di intraprendere con la ditta di costruzioni.»

Sembra stupita. «Hai i fondi per farlo?»

«Ci sto lavorando. Nel frattempo, tu e io, cena.» Mi avvicino a lei che apre leggermente la bocca. «Non vedo l'ora.»

Mi studia il volto. «Spero che non pensi...»

«Niente pressioni. Solo lavoro.» *Per ora.*

Lei dà un'occhiata verso la cucina e poi torna a guardare me. «Mia madre esagera. Non voglio che ti faccia l'idea sbagliata.»

«Mi piace tua madre.»

Lei abbassa la voce e si avvicina tanto da farmi sentire il suo delizioso profumo di vaniglia. «Piace anche a me, ma mi fa impazzire.»

Ho voglia di baciarla, di toccare quella pelle morbida, ma resisto, staccandomi. «Buona notte.»

«Buona notte, Dylan» risponde lei dolcemente.

Esco nella notte, con un sorriso sul volto e una fetta di torta al limone in tasca. Missione compiuta.

6

Ariana

È strano? Sì, lo è. Sto andando a cena con Dylan Rourke, il porco che avevo giurato di evitare per il resto della mia vita. Mi cambio per la terza volta, indossando un maglione morbido, grigio chiaro, con il collo ad anello, jeans e stivaletti neri alla caviglia. Mi controllo nello specchio a figura intera, togliendo qualche pelucco dai jeans.

«Non è un appuntamento» mi ripeto mentre lo stomaco fa una capriola.

Non so nemmeno dove andremo a cena. Non ho il suo numero per chiedergli come vestirmi e non ho intenzione di chiamarlo in ufficio. Allora, come ci si veste per una cena di lavoro con un tizio che di norma indossa pelle e denim?

Smetto di guardarmi allo specchio. Va bene così. Mi sto agitando troppo per una cena di lavoro.

Dylan e io non siamo mai usciti insieme. Abbiamo avuto la nostra scopata pomeridiana e anni di battaglie di cui lui non era nemmeno consapevole. Avrei dovuto dirgli di piantarla con quella faccenda del balletto quando eravamo ragazzi, invece di sentirmi ferita e arrabbiata. Come faceva a sapere che stava toccando un punto dolente? Ero talmente timida allora, che non riuscivo a tirar fuori le parole. Ora sono così abituata a lavorare con la gente che sembro aver perso tutta la timidezza. A volte ritorna, ad esempio se mi trovo a una festa dove non conosco nessuno, ma la maggior parte delle volte mi sento a mio agio.

Scendo dabbasso, dove i miei genitori stanno sospettosamente attardandosi nel soggiorno, quando normalmente starebbero già cenando. Papà è un elettricista e viene sempre a casa prima delle sei il venerdì, per la serata pizza, che preparano insieme, a partire dalla pasta. Stasera stanno fingendo di guardare uno show di arredamento d'interni, ma in realtà vogliono vedere se il mio "visitatore" verrà alla porta. Dylan guadagnerà dei punti se entrerà a salutarli e non si fermerà semplicemente davanti a casa, suonando il clacson o mandandomi un messaggio per farmi uscire. Domandatemi come faccio a saperlo. I miei genitori sono in agguato per vedere se supera il test. *Devo* trovarmi un appartamento mio.

«Esci vestita così?» chiede mia madre, adocchiando i miei jeans. «Vieni di sopra. Ho una gonna carina che dovrebbe andarti bene.» E sarebbe un'ottima idea se volessi vestirmi come mia madre alla messa domenicale.

Alzo una mano. «Va bene così, mamma, grazie.»

«Sta bene» dice mio padre.

Mia madre gli dà un'occhiataccia. «Deve stare meglio di così, Tony! Quanti uomini in età per sposarsi bussano alla nostra porta?»

«Uno?» dice mio padre, mantenendo la faccia seria.

Mia madre annuisce. «Giusto, uno. Ariana vuole un bambino e io voglio che prima abbia un marito.»

«Quindi adesso ci piace Dylan?» mi chiede mio padre.

«Siamo amici» rispondo.

«Sa il fatto suo, ti dico» afferma mia madre. «Buone maniere. Mostra rispetto per gli anziani e, qualunque colpa abbia sua madre, non si può biasimare lui.»

Grazie al cielo Dylan non ha mai falsamente accusato mia madre di aver rubato un cucchiaio da portata! Non gli avrebbero mai permesso di avvicinarsi a me. Se si considera quanto erano rimasti sconvolti i miei genitori per quella faccenda della verginità, hanno perdonato Dylan piuttosto in fretta. Immagino che lui sia preferibile a un anonimo in un raccoglitore. O forse andrebbe bene un uomo qualunque del quartiere. L'asticella è posta piuttosto in basso quando si tratta di produrre il desideratissimo nipote. E non sembra che importi che io stia ancora risentendo dello shock del mio ex che ha messo su famiglia così presto dopo il nostro divorzio. Io so di non essere pronta a rischiare il mio cuore per un uomo.

Il rumore inconfondibile di un'Harley che si ferma ci fa guardare tutti fuori dalla finestra.

Mia madre balza in piedi, stringendosi le mani. «È qui! Svelta, vai a cambiarti. Lo trattengo io.»

«Vado ad aprire la porta» dice mio padre, alzandosi e infilando la t-shirt azzurra nei jeans con la cintura. «Dobbiamo parlare, da uomo a uomo.»

Riesco a malapena a reprimere un gemito. Si potrebbe pensare che abbia di nuovo sedici anni. «Papà, per favore, non è necessario.»

Lui si liscia il riporto sul punto calvo. «Certo che è necessario.»

Mia madre mi chiama dal retro della casa. Si è mossa in fretta. «Ariana, se non hai intenzione di cambiarti, potresti aiutarmi in cucina per un attimo?»

Abbasso la testa. Sta cercando di portarmi via in modo che papà possa avere la sua chiacchierata da uomo a uomo con Dylan. È tutto così imbarazzante. Comunque, sarebbe ancora più imbarazzante essere testimone di quella discussione, quindi scelgo la via di fuga più facile. «Arrivo, mamma.»

Torno in cucina, dove mia madre sta togliendo la pasta per la pizza dal frigorifero. «Perché deve fare un discorsetto da uomo a uomo con Dylan?»

Mia madre sbuffa. «Tuo padre ha fatto lo stesso discorso a Mark e guarda adesso: lui ha sposato Rosalie e hanno tre bellissime bambine.» È mia sorella e sinceramente dubito che Mark abbia avuto bisogno di essere convinto a impegnarsi. È pazzo di Rosalie dal primo giorno in cui si sono incontrati.

Mia madre mi porge le chiavi della sua auto. «Puoi lasciare che guidi Dylan, se vuoi, non m'importa. Solo, preferisco che tu non sia seduta dietro quella sua macchina della morte.»

«Sono sicura che sia un ottimo guidatore. Va in moto da quando aveva diciassette anni.»

«Non con mia figlia seduta dietro.» Si pianta le mani sui fianchi e mi controlla dalla testa ai piedi. «Sei sicura di non volere una gonna, ora che sai che non dovrai salire sulle ruote della morte?»

«Sono sicura. Questo non è un vero e proprio appuntamento. Vuole chiedermi del mio lavoro.»

«Certo. Certo.» Mi fa segno di tornare in soggiorno. «Vai adesso. Troppo tempo con tuo padre e finirà per invitarlo a restare per la cena. Io invece capisco che le giovani coppie hanno bisogno di passare del tempo da sole per far maturare le cose.»

Reprimo una risposta brusca. Proprio non vuol capire che non sto cercando un uomo. So che mi vuole bene. Solo che, a volte, è un po' soffocante. «Ci vediamo più tardi.»

«Resta fuori tutto il tempo che vuoi.» Fa un ampio gesto con le braccia. «Puoi restare anche tutta la notte se avete bisogno di più tempo per conoscervi. Non ti aspetteremo alzati.»

Non riesco a credere che mi stia dando la sua benedizione per andare a letto con Dylan al nostro primo non-appuntamento. La stessa donna che mi aveva fatto la predica dicendo che un uomo non avrebbe comprato la mucca se il latte era gratis. «È una cena di lavoro, mamma.»

Lei mi bacia la guancia. «Buona fortuna per il tuo lavoro, tesoro!»

«Grazie» dico reprimendo un gemito.

Torno in soggiorno e trovo mio padre e Dylan in piedi al centro della stanza. Dylan ha la testa piegata di lato e ascolta mio padre che parla a voce bassa, con un tono da cospiratore.

«Okay, sono pronta.» Alzo le chiavi della Honda e le scuoto. «E ho anche il mezzo di trasporto.»

Dylan alza la testa e mi rivolge un lento sorriso sexy che mi fa realmente arrossire. Sento il calore salirmi lentamente alle guance e scendere sul petto. Dylan è vestito in modo informale, ma meglio del solito, con una camicia di batista, jeans scuri e belle scarpe di pelle. I capelli scuri sono lunghetti, pettinati all'indietro e ancora umidi dopo la doccia. Sulle guance ha un velo di barba.

Non è un appuntamento, mi ridico. Lavoro.

Mio padre dà una pacca sulla schiena a Dylan. «Bello rivederti, Dylan.»

«Sono lieto anch'io, signor Bianchi» gli risponde Dylan.

Mi indica di precederlo e andiamo. Porta una colonia, una fragranza maschile, speziata che mi fa venire voglia di chinarmi verso di lui e annusarlo. Maledizione. Così non va. Non posso rischiare di farmi coinvolgere, specialmente visto che ho in programma di diventare mamma da sola, e presto. Non credo che un uomo vorrebbe farsi coinvolgere in uno scenario simile. Io, incinta con il bambino di un altro. *Non* mi lascerò trascinare da questo desiderio inopportuno. *Non* penserò a com'era stato bello quell'unica volta. Probabilmente era dovuto alla completa novità per me, alla chimica e alle mie basse aspettative. Sì, chimica e basse aspettative da vergine. Attieniti al piano. Primo passo: trovare un posto dove vivere prima che i miei genitori mi facciano impazzire del tutto. Sono a casa da sole tre settimane e non so per quanto tempo riuscirò a sopportare le loro insistenze che mi trovi un uomo.

Aspetto di essere sul marciapiede prima di dire: «Per favore, ignora qualunque cosa ti abbia detto mio padre di me. È troppo protettivo».

Dylan solleva un angolo della bocca. «Voleva che sapessi che tu sei speciale. Non qualcuno da prendere alla leggera e poi scappare.»

Emetto un gemito. «È il suo modo discreto di farti sapere che sa che cos'è successo tra di noi quella volta.»

Lui guarda da una parte all'altra della strada, probabilmente sta controllando che non ci siano vicini curiosi. «Allora, hai raccontato ai tuoi genitori tutti i raccapriccianti particolari?»

«Beh, stavo cercando di impedire una guerra tra le nostre famiglie. Ho detto che eri stato un cacasotto che era scappato immediatamente dopo il fatto e che speravo di non vederti più.»

«Già, è stata una mossa da coglione. Da allora sono maturato e sono lieto che abbia accettato di vedermi di nuovo.»

«Quelle erano *quasi* delle scuse.»

Dylan mi prende entrambe le mani, avvolgendo saldamente le mie tra le sue calde. I suoi occhi azzurri mi fissano, diretti. «Mi dispiace.»

Gli credo. «Va tutto bene. Ti perdono.»

«Bene.»

«L'auto è poco avanti» dico, dirigendomi qualche porta più in là, dov'è parcheggiata la Honda Accord nera di mia madre. Gli do le chiavi. «Ti permetterò di guidare la carrozza.»

Lui apre la portiera del passeggero e aspetta che sia salita prima di richiuderla. Wow. Non avevo idea che avesse maniere così raffinate. Mi rimangio un commento sarcastico, su come rovinerebbero la sua reputazione da duro mentre sale al posto di guida. Ma, davvero, è così insolito trovare uomini così. Forse in lui c'è più di quanto avessi pensato.

Mi porta in un ristorante a Cobble Hill, accogliente, con un bel bar e una fila di tavoli per due e quattro davanti. Ci sono lampadine bianche appese lungo la parte superiore del bar e file di candele bianche su ogni tavolo, che luccicano contro il legno di ciliegio, le modanature scure e i lucidi pavimenti di legno. Arriverei a dire che sembra intimo, perfino romantico.

E siamo qui per una cena di lavoro, che è tutto ciò che voglio, o di cui ho bisogno, a questo punto della mia vita.

Lui ordina una birra artigianale prodotta a Brooklyn e io un vino frizzante color arancio, solo perché sembra divertente.

Quando portano i drink, lui solleva la bottiglia verso di me. Io alzo il mio bicchiere e facciamo un brindisi.

«Sláinte» dice lui, mentre io dico: «Salute».

I suoi occhi azzurri scintillano mentre inclina la bottiglia verso la bocca. Mi cade lo sguardo sulla sua gola mentre deglutisce. Perché è così sexy? È solo un uomo: spalle larghe, collo forte, petto cesellato con muscoli che tendono il tessuto della camicia. Il mio ex era il tipo alto e magro, più un tipo da scrivania. Okay, era curatissimo, con i capelli ordinati, con la riga e perfettamente rasato. Quasi l'opposto dell'uomo roccioso che lavora con le sue mani. Fisso il punto in cui la camicia di Dylan è slacciata al collo e mette in mostra il torace tonico e abbronzato. Il mio polso accelera.

Alzo gli occhi e lui mi dà un'occhiata compiaciuta. Beccata! Bevo un sorso del mio vino arancio e mi soffoco immediatamente. Mi bruciano le guance mentre tossisco tornando all'imbarazzo dei miei appuntamenti da adolescente.

«Tutto bene?» mi chiede Dylan.

Annuisco, con gli occhi pieni di lacrime. Finalmente riesco a riprendere a respirare normalmente. Bevo un sorso d'acqua e poi appoggio il bicchiere. «Allora, che tipo di domande dovevi farmi?»

«Te lo chiederò quando avremo ordinato. Come stai?»

«Io? Io, uhm, sto bene.»

«Annoiata?»

Estremamente. «Mi tengo occupata cercando un lavoro.»

«Qualche buona prospettiva?»

«No. Forse sono troppo selettiva. Voglio qualcosa di interessante, che mi invogli ad alzarmi al mattino e andare a lavorare.»

«È un lavoro, non un parco divertimenti.»

«Lo so. Immagino che, dovendo ricominciare da capo, stessi cercando qualcosa che mi prenda veramente.» Squittisco per la sorpresa quando si allunga sopra il tavolo e mi afferra per le braccia.

Poi ride e mi lascia andare.

Scuoto la testa, con il cuore che batte forte. Non sono abituata ad atteggiamenti così fisici e mi ha sorpreso. «Bene, quello mi ha svegliato. Allora, tu come stai?»

«Alla grande. Abbiamo firmato i documenti questa mattina e la Byrne Costruzioni è tutta mia. E dei miei fratelli. Abbiamo anche aggiunto un ramo aziendale per lo sviluppo immobiliare: Rourke Management. Perché non provarci? Giusto? Anche se per ora ci siamo sempre limitati alle costruzioni, voglio fare di più.» Gli brillano gli occhi. «Voglio costruire un impero.»

Mi vengono realmente i brividi. È questo il tipo di eccitazione che voglio provare per la mia carriera. «È meraviglioso.»

Dylan sorride. «Grazie.»

Il cameriere si ferma a prendere il nostro ordine. Bistecca di spalla per lui, pollo arrosto per me, e Dylan comincia a parlare di lavoro.

«Dimmi tutto quello che sai su come gestire una società di sviluppo immobiliare.»

«Ehm, potrebbe volerci un po'. Io lavoravo nel settore vendite e marketing. Mio marito, il mio *ex marito*, trovava le proprietà. Era un'azienda di famiglia, quindi c'erano spesso delle riunioni in cui sentivo ciò che succedeva in tutti gli altri settori. Non ero molto coinvolta con il ramo costruzioni.»

«Quella parte è coperta. Continua.»

E quindi continuo, cominciando col trovare le proprietà, svilupparle, lavorare con le comunità in modo da assicurarsi che ciò che avremmo fatto fosse adatto e non ci fossero interruzioni causate dai soggetti coinvolti. Per la maggior parte si trattava di proprietà commerciali e occasionalmente un condominio. Il mio lavoro era principalmente quello di trovare affittuari per gli edifici.

Arrivano i nostri piatti e Dylan alza una mano. «Goditi la cena. Ti farò altre domande quando avrai finito di mangiare.»

«Oh, non è un problema parlare mentre mangiamo.»

«Possiamo aspettare» dice, tagliando la sua bistecca.

Potrebbe essere una notte molto lunga. Non sono abituata a questo ritmo lento, ma trovo che non mi dispiace. Dylan ha una forza tranquilla che in effetti mi permette di rilassarmi. Mi concentro sul mio cibo. È tutto delizioso, dal pollo succoso alle sottili fette di patata e agli spinaci novelli.

«È tutto veramente buono.»

«Tu apprezzi il buon cibo come me» dice Dylan. «Sai cucinare?»

«Conosco le basi. Ma non mi è mai veramente piaciuto. Sembra sempre un'incombenza noiosa.»

«Io cucino.»

Non riesco a nascondere la sorpresa. «Davvero?»

«Sì. Ho imparato da solo. Mi rilassa.»

«Che cosa cucini?»

«Di tutto: risotto, lasagne, enchiladas, cordon bleu di pollo. Provo a cucinare qualcosa e, se mi piace, tengo la ricetta.» Beve un sorso di birra, continuando a guardarmi. «Forse un giorno potrai assaggiare la mia cucina.»

Sposto lo sguardo verso il bar. È interessato a qualcosa di più delle mie informazioni. Devo restare forte e proteggere il mio cuore, e non importa quanto mi sorprenda con le sue maniere o la sua fisicità o il fatto che sappia cucinare. Lo conoscevo veramente?

Mi volto, osservandolo tagliare un altro boccone di bistecca e cerco di vederlo con occhi nuovi, come l'uomo che è adesso, non il malvagio torturatore della mia gioventù o il giovanotto insensibile che se l'era data a gambe. È favoloso come sempre, con i lineamenti cesellati e il corpo muscoloso, ma è anche un uomo che sa ciò che vuole. Un brav'uomo, penso. È stato veramente gentile con me e si è perfino scusato sinceramente per la sua gaffe di tanti anni fa.

«Vuoi assaggiare la mia bistecca?» mi chiede offrendomene una forchettata.

«Certo.» Mi sorprende portandomela alla bocca, mentre i nostri occhi si incontrano con un'intensità che mi provoca una vampata di calore in tutto il corpo. Quando finisco il boccone, tengo gli occhi puntati sul mio piatto. «Molto buona. Vuoi un po' del mio pollo?»

«No, grazie.»

Mangiamo in silenzio per qualche minuto. Gli do un'occhiata di soppiatto e Dylan sembra contento di restare semplicemente seduto e mangiare. E anch'io sono sorprendentemente rilassata, a parte l'occasionale vampata di calore. Normalmente, sarei un fascio di nervi a un primo appuntamento. Non riesco a fare a meno di pensare che questo lo sia. Solo noi due, in un ristorante intimo, che condividiamo il cibo e la conversazione.

«Questo è un appuntamento?» gli chiedo.

La sua forchetta si ferma a mezz'aria. «È qualunque cosa tu voglia che sia.»

«Tu che cosa vuoi che sia?»

Dylan appoggia la forchetta sul piatto. «Vuoi che te lo dica chiaramente?»

Afferro il tovagliolo che ho in grembo. «Sarebbe bello.»

Lui si china in avanti. «Mi piaci. E non è solo il tuo aspetto, anche se sei bella e sexy. Il resto mi piace anche di più.»

Mi manca il fiato. «Il resto?»

Lui sorride. «Sei una donna sanguinaria e sboccata. Apprezzo quel tipo di spirito. È reale e sincero.»

Mi ha preso alla sprovvista. «*Non* sono una donna sanguinaria e sboccata.»

Lui inarca un sopracciglio. «Hai detto che in caso di apocalisse mi avresti mangiato.»

Resto a bocca aperta. «E quello ha fatto sì che ti piacessi?»

«Apprezzo una donna forte. Voglio una compagna, per condividere il bello e il brutto e alleggerire almeno un po' il fardello.»

«Sembra quasi che tu stia cercando una moglie.»

«Non esattamente. Sono solo stanco degli incontri senza senso. Sto cercando qualcosa di vero.»

«Oh, io no.»

Dylan fa un sorrisino sghembo. «No, stai solo comprando dello sperma.»

«Shh! Finisci di mangiare.» Torno a mangiare e gli do un'occhiataccia.

Lui sorride e mangia un boccone di bistecca. Strano. Quasi tutti gli uomini sarebbero terrorizzati al pensiero che la donna che hanno portato fuori a cena sta pensando a formarsi una famiglia.

Finiamo la cena in silenzio, ma sento che mi sta studiando. Vuole qualcosa di più da me, ma non sono pronta. Mi sto riprendendo da un forte colpo emotivo. Il mio ex voleva i bambini, ma non da me. Sta vivendo la vita che desideravo io, *ma con lei*. Il bastardo.

La voce profonda di Dylan interrompe i miei pensieri

cupi. «Perché saresti pronta per un bambino ma non per una famiglia? Non sai quanto può essere importante un padre per un bambino? Il mio stesso padre ha insegnato tanto a me e ai miei fratelli. I ragazzi hanno bisogno del loro padre. E anche le ragazze. La mamma dice che suo padre le aveva mostrato con l'esempio ciò che faceva di un uomo un *vero* uomo. Tu vuoi bene a tuo padre, vero?»

Non ci avevo pensato in questi termini. «Sì, moltissimo.» Mio padre è una presenza concreta e costante nella mia vita. È sempre la voce della ragione quando mi sento persa, e ho sempre saputo che mi voleva bene.

«Ecco.»

Lo studio per un lungo momento. È il maggiore di sei fratelli e questo significa che ha esperienza con i bambini e l'ho sempre visto proteggerli. È attraente, forte e sano. Penso che sia anche piuttosto intelligente. Non solo per come parla. Una volta a scuola ci avevano fatto il test del quoziente di intelligenza e suo fratello Sean aveva ottenuto il punteggio più alto. Scommetto che tutti i Rourke hanno il gene dell'intelligenza. Avevano scelto di non andare al college, preferendo fare un diverso tipo di lavoro nell'azienda di famiglia. È un esemplare ideale.

Sento il cuore che batte forte al pensiero che non oso esternare a voce alta. Sarebbe possibile ottenere il padre senza il marito? Potrebbe essere il mio donatore di sperma, ma continuare a essere coinvolto nella vita del bambino. È troppo folle?

Sì. È troppo folle.

Forse una donazione fatta discretamente alla banca del seme? Almeno posso confermare che non è un pazzo per quelli che si preoccupano di queste cose. *Mamma.*

Dovrei offrirgli qualcosa in cambio. Forse una ricompensa, tipo consulenza gratuita per la sua impresa tutte le volte che gli serve? Dovrei escogitare dei termini precisi, una specie di contratto di ferro.

«Mi stai guardando in un modo veramente strano» dice Dylan.

Fingo indifferenza, mentre continuo a ripensare ai possibili modi in cui entrambi potremmo beneficiare di un accordo simile. «Scusa, sono solo stanca.»

«Sono passate da poco le sette.»

Mi sforzo di concentrarmi sulla conversazione. «Mi alzo sempre all'alba per allenarmi.» È la verità, in effetti. Ho bisogno di un momento di tranquillità tutto per me e di allenarmi per liberarmi dallo stress.

«Davvero? Lo faccio anch'io.»

Arriva il cameriere con il menu dei dessert. Io ordino la crostata al limone e Dylan la torta alle carote.

«Non sono tipo da dolci, ma la torta alle carote qui è la migliore che abbia mai assaggiato» mi dice.

«A me piace il limone. È il motivo per cui avevamo la torta al limone a casa. L'ho preparata io, in effetti, preferisco fare dolci invece di cucinare.»

Lui mi sorride calorosamente e mi ritrovo a sorridergli anch'io. «Davvero? Era veramente buona. Parlami ancora della società di sviluppo immobiliare in cui lavoravi.»

Decisa a dimostrare il mio valore come futura consulente, gli racconto tutto della ditta per cui lavoravo. Una delle cose belle che facevano era incorporare opere d'arte nell'area che sviluppavano, di solito una scultura o un murale su un edificio. Volevano restituire qualcosa alla comunità.

I suoi occhi si illuminano a quell'ultima parte. «Mi piace veramente l'idea di formare una comunità quando si costruisce qualcosa. Avevo un'idea simile, costruire un parco con un'area gioco, dove i bambini possono correre in giro un po'. So che è una cosa che ai miei fratelli e a me piaceva moltissimo quando eravamo bambini. Guardandomi indietro, non so come abbia fatto mia madre, con noi sei ragazzi pieni di energia costantemente in giro per casa.»

Le mie ovaie fanno un allegro balletto. Dylan capisce. La faccenda del papà. La faccenda del bambino. Non posso fare a meno di guardarlo adesso e pensarlo come papà del mio bambino. So che è folle. Ma chi mai è uscito con me e mi ha parlato in questo modo della famiglia e della paternità? Forse sta cercando di farmi capire che è quello che vuole anche lui. O forse sono io che ho in testa solo i bambini.

Calma, Ariana! Prima un lavoro, un posto dove vivere e poi il bambino.

Arrivano i dessert. Prendo un boccone della crostata al limone ed è troppo acida. Mi accontento di prendere un po' della granella in superficie e poi guardo Dylan che si gode la sua torta di carote.

Qualche secondo dopo, Dylan nota che lo sto osservando e non mangiando. «Non ti piace il tuo dessert?»

«Va bene.»

Lui fa scivolare il suo piatto verso di me. «Dividiamo il mio.»

Ne prendo un boccone e la torta alle carote è fottutamente deliziosa. Dylan è educatissimo anche con il dessert, a differenza del mio ex che si serviva in fretta mentre io l'assaporavo e di solito finivo per averne solo pochi piccolissimi bocconi. Dylan ne prende un boccone e poi aspetta che mi serva io prima di prenderne un altro. Finisce col restare solo un boccone della deliziosa torta e sarebbe il suo turno, ma lui appoggia la forchetta.

«Puoi averlo» dice.

Prendo l'ultimo boccone, la mia pancia è felice, le mie ovaie danzano e il mio cuore è pieno. «Sei veramente un uomo meraviglioso.»

Lui sorride e indica il piatto vuoto del dessert. «E tutto ciò che ci è voluto per rientrare nelle tue grazie è stata una torta di carote.»

«Potresti essere tu il padre del mio bambino» mi lascio sfuggire.

Dylan non fa una piega, semplicemente mi studia per un lungo momento.

Trattengo il fiato. In parte speranzosa e in parte sbalordita perfino di averlo suggerito. Ci conosciamo appena, da adulti. Non è così che si fa. Non riesco nemmeno a trovare le parole per spiegargli che cosa otterrebbe in cambio.

Non riesco a credere di averlo detto!

Dylan si china in avanti, con gli occhi azzurri che scintillano, quasi trionfanti. Lo vuole anche lui? «Ci sono delle condizioni.»

7

Dylan

La filosofia della famiglia Rourke è: siate spavaldi, accettate i rischi, si vive una volta sola. E la sto vivendo proprio adesso. Ci sono stati grandi cambiamenti nel lavoro e adesso nella mia vita personale. In fondo, Ariana e io vogliamo la stessa cosa: sistemarci e avere una famiglia. La conosco da tutta la vita. È una brava persona.

È il momento migliore per dare inizio a una famiglia? Non il migliore, ma nemmeno il peggiore. Certo, ho bisogno di fondi per entrare nel mercato immobiliare, ma il settore costruzioni è solido. E Ariana sarebbe una risorsa per la parte immobiliare. Inoltre, ho cinque fratelli che si impegneranno perché l'impresa abbia successo, dato che siamo tutti co-proprietari. E ho un appartamento con tre camere da letto in un condominio. Penso che come fondamenta siano solide. Non ci sarà mai il momento *perfetto*. La vita riserva sempre sorprese ed è necessario adeguarsi.

Ariana mi sta nuovamente guardando con una strana espressione. Cauta e felice insieme. Mi sto offrendo di darle il bambino che desidera tanto da divorziare perché il marito non lo voleva. Che idiota quel tizio. Ariana sarebbe una mamma favolosa, forte ma gentile e nel mio futuro mi sono sempre visto come padre. E adesso il futuro è qui, proprio adesso e mi sta bene, purché noi due la pensiamo allo stesso modo.

Innanzitutto, le dico quali sono le mie condizioni. «Ecco quello che devi fare: lascia perdere il tuo perfetto donatore di sperma alla banca del seme. Togli il nome dalla lista, o qualunque cosa tu debba fare. Aspetterai finché vedremo come funzioneranno le cose tra di noi.»

«Noi?» mi chiede, con la voce acuta e sottile.

So che non è pronta per una relazione. Ma l'ultima cosa che voglio è essere un donatore di sperma. Voglio qualcosa di vero e una vera famiglia. Lei è semplicemente diffidente dopo il divorzio. È stato sei mesi fa e sembrerebbe un periodo sufficientemente lungo per rientrare in gioco. Dovrei essere io quello spaventato. Puntavo a una cena o un drink. L'inizio di qualcosa. Ma lei è a questo punto della sua vita e non mi spaventa nemmeno un po'. Ho trentatré anni. Sono l'amministratore delegato della mia impresa, ho una casa. Sono pronto per una famiglia.

«Tu detesti vivere con i tuoi» le dico. «Tutte quelle insistenze perché ti trovi un uomo, giusto? Trasferisciti da me e sparirà tutto.»

«Per quanto tempo?»

Resto a bocca aperta. Di tutte le cose che potevano uscire dalla sua bocca – Grazie! Davvero? Sei sicuro? – questa non c'era. È la prima volta che offro a una donna di vivere con me e lei sta già pensando ad andarsene. Sono stato testimone della follia durante la visita a casa dei suoi. Ho tre stanze da letto, tanto spazio. Non che mi stia offrendo di essere coinquilini, a meno che lei abbia bisogno di abituarsi all'idea di condividere il mio letto. Non ho intenzione di parlare delle stanze extra; voglio vedere come si mettono le cose.

«Che cosa intendi dire con "per quanto tempo"?» rispondo, lasciando intravedere la mia irritazione.

Lei si china in avanti, addolcisce la voce. «Dylan, so che non sei innamorato di me, né io di te. Questo sarebbe solo, sai, un modo di poter diventare genitori. Ovviamente potresti far parte della vita del bambino. So che saresti un padre magnifico.»

«Grazie.» Mi frugo nella mente per cercare la soluzione giusta. C'è sicuramente un'alchimia tra di noi. Non è necessario sedurla visto che desidera il mio sperma. Ah! Quando è successo? Mi viene in mente che forse c'è di più nella fine del suo matrimonio di quanto abbia lasciato intendere. I divorzi possono diventare sgradevoli. L'ho visto succedere a degli amici.

Tengo la voce bassa. «Il tuo divorzio è stato sei mesi fa. Perché non sei tornata a casa allora?»

Lei si chiude in se stessa, mette le mani in grembo. «Ti ho detto che è stato amichevole. Avevo un buon lavoro nella società della sua famiglia e andava tutto bene.»

«Devi essere sincera con me se vogliamo provare questa storia della famiglia insieme. Che cosa ti ha fatto venire a casa di corsa?»

«Non sono scappata» dice compunta. «Ho preso la decisione consapevole che era ora di voltare pagina.»

Insisto, perché voglio che sia onesta con me. «E il tuo voltare pagina significava essere disoccupata e permettere a mamma e papà di prendersi cura di te?»

«Vai al diavolo» sbotta lei, con gli occhi che lampeggiano. «Non hai idea di che cosa significhi passare quello che ho passato io.»

«Ti sei sposata molto giovane. Ora non lo sei più.»

«Si è giovani a trentun anni.»

«Non con i tuoi ovuli stantii.»

Mi guarda furiosa.

«Ti ha rubato la gioventù e ti ha negato quello che volevi di più. Che altro? Che cosa ti ha fatto correre a casa? Se ne andava in giro con la sua nuova fidanzata sexy? Più di una?»

«Non sono scappata! Ho preso la consapevole decisione che era ora di cambiare.»

Faccio segno al cameriere di portare il conto. «Sì. Okay.»

Ariana resta in silenzio, mordicchiandosi il labbro come se stesse riflettendo se rivelarmi o meno ciò che è veramente successo.

Pago il conto e qualche minuto dopo siamo di nuovo in auto. Lei è ancora silenziosa. Resto in silenzio anch'io, sperando che si confidi. Non funzionerà se non si fida di me abbastanza da raccontarmi come stanno le cose.

Metto in moto l'auto e lei mi mette una mano sul braccio. «Sì?» *Dai, forza, sii sincera con me.*

Quando parla, la voce è arrochita. «Il mio ex se ne andava in giro con la sua nuova ragazza sexy e lei era incinta di otto mesi. Era entusiasta di diventare padre e hanno intenzione di sposarsi presto.»

«Stai scherzando?» sbraito. «È felice di diventare padre con lei ma non...» Stringo le labbra. Diavolo, deve far male. E lui ha messo incinta l'altra donna prima del loro divorzio. Che stronzo. Non mi stupisce che Ariana sia così diffidente.

«Non con me. Esattamente.» Si asciuga le lacrime. «Che cos'ho che non va?» La sua voce si spezza e mi sento male per lei.

Le metto un braccio intorno alle spalle e la tiro vicina. «Non c'è niente che non vada in te. Quel tizio è un fottuto idiota che non sa riconoscere una cosa bella quando ce l'ha.»

Lei appoggia la testa sul mio petto. «Non so perché sei così gentile con me.»

«Sono una persona gentile.»

Lei ridacchia e poi mi guarda. «A volte mi mancava questo di te.»

Le pizzico il mento. «Guarda, sono pronto a sistemarmi e tu andresti benissimo.»

Lei sbatte un paio di volte le ciglia. Riesco a vedere che è sorpresa dalla mia audace dichiarazione. Non capita spesso che un uomo offra di impegnarsi al primo appuntamento.

«Wow» dice dopo un po'.

«Già.» Tolgo il braccio dalle sue spalle, metto la marcia e parto. «Sei la prima donna da molto, molto tempo che attira il mio interesse.»

«Wow» ripete.

Mi metto a ridere. «Okay, accetto il doppio wow.»

Ariana si schiarisce la voce. «Sì. Lo apprezzo, davvero, sai, ma dimentica quello che ho detto prima. La verità è che tu meriti di avere qualcuno nella tua vita che possa, uhm, *veramente* apprezzare ciò che hai da offrire.»

Il fatto che lo dichiari in quel modo mi dice che pensa che io abbia qualcosa di buono da offrire. È solo questione di tempo, di darle la possibilità di sentirsi a suo agio con me. È come al lavoro, quando avevamo ottenuto quel grosso contratto alla vecchia birreria e dovevamo praticamente costruire tutto ex novo. Era sembrato un compito impossibile fare tutto in tempo, rispettando il budget. Quindi che cosa avevamo fatto? Avevamo esaminato i parametri del progetto e lavorato a ritroso, suddividendolo in fasi. Piccoli obiettivi, scadenze brevi. Cancellare una voce alla volta dalla lista finché tutto aveva preso forma davanti ai nostri occhi. Sta tutto nel suddividere il grande obiettivo in piccole fasi. Piccoli passi per Ariana. Sorrido tra me e me. Un grande obiettivo suddiviso in tanti pezzettini.

«La tua famiglia ha sempre avuto una passione per la teatralità» dice lei con un sorriso, scuotendo la testa. Come se non fosse stata lei a menzionare il mio sperma. Non glielo faccio notare, comunque, perché sospetto che lo voglia ancora e debba solo familiarizzare con l'idea di noi due. Non sto tentando di precipitarmi a sposarmi e avere un figlio, ma deve succedere prima che lei resti incinta con il bambino di qualche pazzoide. Sì, da questo punto di vista, prendo le parti della signora Bianchi.

«Che cosa intendi per passione per la teatralità?» chiedo, fingendomi offeso. «La faida? Perché, ovviamente, non è stata colpa *nostra*.»

«Beh, mia madre non aveva certo motivo di rubare un cucchiaio da portata. Abbiamo due servizi completi di posate, uno per tutti i giorni e uno per le feste. No. Sto parlando del fatto che dite di far parte di una famiglia reale. Così melodrammatici. Sono sicura che sia solo una voce che avete messo in giro per avere successo con le ragazze.»

«È la verità.»

Lei sbuffa. «Sì, certo.»

«Mio padre sarebbe stato re se non avesse abdicato. E io

sono il principe ereditario, il che significa che sarei stato re dopo di lui.»

«Sii serio. Tuo padre lavora in una ditta di costruzioni.»

«Hai un po' di tempo? Potrei mostrartene una prova nel nostro ufficio.»

«Certo, perché no? Mostrami questa prova. E sarà meglio che non sia un patetico costume da principe azzurro per Halloween.»

Mi immetto nel traffico. «Come se potessi mai passare per il principe azzurro.»

«Giusto.»

«Potevi anche non accettarlo così in fretta.» Sorrido. «L'ufficio non è lontano, è a Bay Ridge.»

«Non ho fretta di tornare a casa. Sono sicura che i miei genitori stiano facendo quello che fanno sempre, sin da quando hanno cominciato a uscire insieme.»

«Cioè?»

Lei sospira. «Preparano insieme la pizza, guardano un vecchio film che risale a quel periodo mentre si coccolano sul divano, poi salgono al piano di sopra per finire quello che hanno cominciato.»

«Dal tuo tono deduco che non sia il film che finiscono.»

«Già. Ho imparato a restare dabbasso e alzare il volume della TV. Non che siano molto rumorosi, ma sai, le molle del letto. A volte la testiera colpisce la parete e ogni tanto c'è...» tossicchia, «... qualche rumore.»

«Ti batto.»

«Davvero?»

«Oh, sì, una volta, sono entrato a casa dei miei usando la mia chiave. Mi ero appena trasferito, quindi probabilmente avevo ventun anni, ed eccoli lì, nudi, in soggiorno. La prima cosa che ho visto è stato il sedere di mio padre. Aveva piegato mia madre sopra il divano e ci stavano dando dentro *alla grande*. Te lo dico, alcune cose non si possono cancellare dalla mente.»

«Uffa, Dylan. Dovevi proprio scendere nei particolari? Adesso riesco a immaginarli anch'io. Non penso che riuscirò più a guardare i tuoi genitori allo stesso modo.»

«Volevo vomitare. Le tende tirate avrebbero dovuto avvertirmi, ma non mi sarei mai aspettato niente del genere.»

«Ti hanno visto?»

«Sì. La mamma ha esclamato "Dylan!" e poi papà si è voltato e ha indicato la porta. Non aveva intenzione di smettere. Non era nemmeno imbarazzato. Ero io l'intruso e voleva che me ne andassi. Non che io volessi restare e guardare. Ero solo pietrificato dallo shock. Me ne sono andato così in fretta che quasi mi sono ammazzato inciampando nei gradini. E non sono mai più entrato usando la mia chiave. Suono sempre il campanello e aspetto tutto il tempo che ci vuole perché si rimettano in ordine.»

Ariana si mette a ridere. «A quel punto dovevano essere sposati da più di vent'anni. Buon per loro.»

«Sì. Buon per loro e orribile per le mie retine bruciate.»

«Sapevi che dovevano aver fatto sesso almeno sei volte per avere voi ragazzi.»

«Non volevo pensarci, tanto meno vederlo.»

«Comprensibile.»

Mi rilasso. Le cose sono tornate in pista. La conversazione fluisce facilmente, riusciamo a ridere insieme.

«Allora qual è la tua prova che fate parte di una famiglia reale?» mi chiede. «Nascondi un trono nel tuo ufficio? Sai, è così che mio padre chiama un WC.»

«Vedrai. Non voglio sciuparti la sorpresa.» Mi fermo a un semaforo rosso, prendo il telefono e clicco sulle mie foto, poi glielo passo. «Ecco una parte della prova. Sono appena stato al matrimonio di mio cugino all'isola di Villroy. È il mio regno e quello è il palazzo.»

Lei scuote la testa. «Questa è una foto presa da lontano, come potrebbe fare qualunque turista.»

Ridacchio e rimetto in tasca il telefono. «Non fingere che non ti piacciano queste storie di reali. Ricordo distintamente che mi hai chiesto di aiutarti a liberarti della tua verginità perché avevi sentito che ero un principe.»

«Era solo una frase da rimorchio e avevi detto che non era vero.»

«Era una frase da rimorchio?»

«Sì. Tu avresti dovuto dire: "Sì, è giusto". Poi io avrei detto: "Ho sempre voluto stare con un principe".»

Guardo il semaforo e accelero. «Avevi pianificato tutto, vero?»

«Sì. Da settimane.»

«Con me?»

«Avevo ristretto il campo a te.»

«Chi altro c'era in corsa?»

Lei agita in aria una mano. «Nessuno cui valesse la pena di pensare per più di due minuti.»

«Sean?»

«Ti ho detto che è come un fratello per me. Non riesco a pensare al ragazzo che aveva mangiato una caccola in prima elementare come a un potenziale amante.»

Ridendo le chiedo: «Da quanto tempo mi tenevi d'occhio?».

«Non lo so. Una settimana? Due?»

«Quindi provi qualcosa per me da parecchio tempo. Penso che la faccenda della famiglia reale adesso servirà a stringere l'accordo, ora che so che, in segreto, volevi stare con un principe.» Do una botta al volante. «Accidenti, avrei dovuto usare quella tattica in tutti questi anni. Perché cercare di nasconderlo?»

Ariana ride. «Parlando seriamente, se fai veramente parte di una famiglia reale, allora come mai non sei ricco?»

«Perché mio padre era stato esiliato per aver sposato una borghese. Ha ricominciato da zero a Brooklyn. Non hai mai notato il suo accento? Non parla come noi.»

«Non credo di averlo mai sentito dire qualcosa oltre a buongiorno. Occasionalmente l'ho sentito sbraitare ordini a te o ai tuoi fratelli quando eravate fuori.»

«Già. In tono di comando perché era abituato alla gente che correva a eseguire i suoi ordini. E, credimi, gli davano retta.»

«Adesso che ci penso, il suo inglese sembra un po' formale.»

«Sì, è perché è cresciuto a Villroy, anche se cerca di nasconderlo e usare lo slang ogni tanto.»

Lei mi fissa. «Sto cominciando a crederti.»

«Bene.» Mi fermo dietro all'ufficio, parcheggio e mi volto verso di lei. «Preparati a baciarmi i piedi.»

Ride e scuote la testa. «Non succederà mai, Rourke.»

«Principe ereditario Dylan Rourke per te. Oppure potresti semplicemente chiamarmi Altezza.»

«Ah!»

Faccio il giro dell'edificio con lei per andare all'ingresso, dove immetto il codice di sicurezza e spengo il sistema d'allarme.

Una volta dentro, accendo le luci. «La prova è nella cassaforte.» Vado nel ripostiglio posteriore e sposto alcune giacche, mostrando una grossa cassaforte nella parete. Lo zio Pat aveva l'abitudine di fare uno sconto se un cliente pagava in contanti, motivo per cui aveva una cassaforte. Mio padre aveva posto fine a quel sistema, perché significava che i pagamenti non venivano registrati, cosa che non era proprio accettabile per quelli del fisco.

Compongo la combinazione e tolgo la cassetta. Mi volto e vedo Ariana seduta sul bordo della scrivania, con le gambe accavallate, una penzoloni che dondola avanti e indietro. Si raddrizza quando mi avvicino, con gli occhi spalancati.

Appoggio la cassetta sulla scrivania accanto a lei e apro i chiavistelli di metallo. «Dai, alza tu il coperchio.»

Ariana salta giù dalla scrivania e si mette davanti alla cassetta. «Giuro che se saltano fuori un mucchio di serpenti falsi ti strozzerò.»

«Ecco di nuovo il tuo lato sanguinario che mi piace tanto.»

«Sei pazzo.»

«Aprila.»

Lei alza lentamente il coperchio, timorosa, sbirciando con un occhio chiuso. Si rilassa e fissa. «Oh, mio Dio, sei un principe! Posso toccarli?»

«Puoi toccare tutto quello che mi appartiene» dico con la voce roca.

Lei è troppo affascinata per abboccare. Alza lentamente la corona e l'ammira da tutti i lati. «È stupenda!»

«Pensavo di mettere all'asta la corona e lo scettro per

raccogliere un po' di soldi e comprare le proprietà.» Ne avevo parlato con mio padre e mi aveva risposto che ci doveva riflettere, anche se capiva il mio punto di vista, il fatto di volerne ricavare qualcosa. Sembra probabile che potrò usarli.»

«Dylan, non puoi! Questo set è spettacoloso. Dovrebbe stare in un museo.» Rimette con attenzione la corona nella cassetta e ne toglie lo scettro, passando il dito sulla croce al suo apice con un'espressione di pura meraviglia sul volto. È un set magnifico ma a che mi serve, rinchiuso in una cassaforte in fondo a un ripostiglio?

«Appartiene a me» dico. «Posso farne quello che voglio.»

Lei distoglie a fatica gli occhi dallo scettro e mi fissa. «Appartiene alla famiglia reale. Cimeli come questo dovrebbero essere trasmessi ai tuoi discendenti.»

Faccio spallucce. «La discendenza reale si è interrotta con mio padre. Ha abdicato al trono e quello ha messo fine alla nostra parte della storia.»

«Hai detto che sono tuoi. Li ha passati a te.»

«Solo perché si sente in colpa perché non ho mai potuto godere dello stile di vita regale.»

Lei rimette lo scettro nella cassetta e si volta verso di me. «Dovresti passarli al tuo primogenito.»

«Magari potrebbe essere il nostro primogenito. Ci stai?»

Lei deglutisce visibilmente e si passa una mano tra i capelli. È spaventata. Vorrebbe il bambino senza l'uomo nella sua vita, ma a me non sta bene. Inoltre, sono piuttosto sicuro che cambierà opinione e accetterà l'idea di noi due.

«Non ho intenzione di sposarti subito» le dico per tranquillizzarla. «Prima tasteremo il terreno per un po'. Tu ti trasferisci da me.»

«Oddio, è una follia.»

«Quale parte?»

«Tutto!»

Le alzo il mento e vedo la vena sul collo che pulsa rapidamente. «Quindi mi vorresti solo come padre del tuo bambino e nient'altro?» Mi chino e bacio quel punto che pulsa, infilo la mano tra i suoi capelli appoggiandogliela sulla nuca mentre le bacio il collo. La sua pelle si scalda, il profumo è così dolce. Appoggio il naso, aspirando.

«Dylan?» dice con la voce esitante. «Vuoi veramente sposarmi? Non sembrava che fossi così eccitato. Hai detto che andrò bene, non è esattamente una dichiarazione romantica o...» Smette di parlare quando le strofino la guancia ruvida contro il collo prima di morderle il lobo dell'orecchio, tirandolo un po'. Ariana mi afferra la camicia. Passettini nella direzione giusta... mi sta toccando anche lei.

Alzo la testa per guardarla negli occhi, sorridendo. «Non sarebbe la cosa peggiore che mi è capitata.»

«Cielo, che proposta affascinante!»

Avvolgo i suoi lunghi capelli intorno al pugno come desideravo fare dalla prima volta in cui li ho visti. «Potremmo stare molto bene insieme, Ariana, se solo ci dessi una possibilità. Volevo una cena o un drink. Tu vuoi un bambino da me. Dimmi tu qual è il modo miglior per procedere.»

«Manteniamo le cose semplici. Tu fai una donazione alla banca del seme. E io ti farò da consulente, gratuitamente, tutte le volte in cui ne avrai bisogno.»

«Così non è semplice. È una finzione. Io voglio qualcosa di reale.»

Lei mi fissa la bocca e so che cosa vuole. Che cosa vogliamo entrambi.

«Comincerò a piacerti» dico prima di appoggiare la bocca sulla sua.

Le sue labbra sono morbide e cedevoli, esattamente giuste. Approfondisco il bacio, assaporandola, e sento una fitta elettrizzante di desiderio che mi attraversa. Ariana mi mette le braccia intorno al collo e si direbbe che apprezzi il bacio. È sexy, incalzante, fottutamente meravigliosa. Mi accarezza la schiena, scendendo sul sedere, tirandomi vicino. *Oh, sì.* Sapevo che sarebbe stato così. Lei mi desidera e io sono duro come una roccia.

Interrompo il bacio quando lei emette un gemito. «Ti trasferirai da me.»

Sta respirando in fretta, studiando la mia espressione. Si tira indietro e la lascio andare, dandole un momento.

Ha le dita appoggiate alle labbra mentre mi fissa e io sostengo il suo sguardo.

Si volta e comincia a camminare avanti e indietro. Continuando a riflettere.

Prendo la cassetta con la corona e lo scettro e torno verso la cassaforte per riporli. Quando torno lei è completamente immobile, a occhi chiusi.

«Ariana» dico prima di prenderla tra le braccia.

Lei mi avvolge le braccia intorno alla vita, con un tocco leggero. Si lecca le labbra e fissa il mio petto. «Sono appena uscita da un matrimonio. Pensi che voglia buttarmi in un'altra relazione così presto?»

«Ti ho detto che voglio qualcosa di reale.»

Mi fissa il collo, alzando poco per volta la testa, senza arrivare a guardarmi negli occhi. «Posso pensarci per qualche giorno?»

«Certo, se torni a casa mia adesso.»

Mi guarda di colpo negli occhi, stringendo i suoi, sospettosa. «Per che cosa?»

Le rivolgo un lento sorriso sexy. «Per conoscerci meglio. Te l'ho detto. Comincerò a piacerti.» Le accarezzo velocemente la faccia, le spalle e le braccia, attento a evitare le zone erogene.

«Okay, che diavolo!» dice.

«È un sì veramente entusiastico, mai sentito più entusiasmo prima d'ora.» Sono sarcastico.

«Meglio dell'ascoltare i miei genitori che ci danno dentro.»

Le prendo la mano ed esco con lei. «Proprio quello che un uomo vuole sentire. Passare del tempo con me è meglio dell'ascoltare i tuoi genitori che scopano lì vicino.»

Ariana scoppia a ridere.

Mi fermo appena fuori dalla porta per inserire il codice dell'impianto di allarme.

«Non riesco a credere che tu stia veramente offrendoti di darmi un bambino» dice lei dietro di me.

Mi volto. «E io non riesco a credere che tu non voglia uscire con me ma voglia un bambino da me.»

«Sembra solo più semplice. Una specie di transazione. A cena stavo veramente pensando di offrirti la mia consulenza per la tua impresa in cambio del tuo sperma, poi ho scartato l'idea ritenendo che fosse una follia, dovuta al desiderio di un figlio.» Fa una pausa. «Mi è scappata comunque la faccenda del bambino. Non so perché continuano a sfuggirmi delle cose con te.»

«Perché io sono meraviglioso e in fondo in fondo tu lo intuisci.»

Non ride; al contrario sembra pensierosa mentre andiamo verso l'auto. Le apro la portiera e la richiudo quand'è seduta.

Quando mi metto alla guida, mi chiede: «Hai mai vissuto con una donna prima d'ora?».

«No.» Metto in moto e mi immetto sulla strada. Il tragitto per arrivare a casa mia è breve.

«Hai mai avuto una relazione seria?»

«Qualcuna.»

«Cioè, quante?»

«Due.»

«Sono un paio.»

«Oh, okay. Immagino che sia importante essere molto chiari. Un paio di relazioni. Non hanno funzionato.»

«Per quanto tempo siete rimasti insieme?»

«Perché ti importa?»

«Perché ho bisogno di sapere se sei bravo nelle relazioni.»

«Non dipende dalla gente coinvolta?»

«No. Una relazione richiede una buona comunicazione e fiducia. Io sono brava, e tu?»

La tranquillizzo. «Guarda, puoi parlare quanto vuoi. Io ascolterò. E non ti tradirò mai. Non vedo perché impegnarsi in una relazione se non si intende onorarla.»

«Buono a sapersi, ma non è ciò che intendevo. Voglio dire, sai, intimità, aprirsi veramente e imparare a conoscere l'altra persona, dentro e fuori.»

Mi rimangio i pensieri sconci che mi sono venuti in mente. Ma mi piacerebbe veramente conoscerla dentro e fuori. Vado con un commento neutro. «Sono pronto a tutto.»

«E se non riuscissi a mettermi incinta?»

«Allora morirò provandoci» dico sorridendo.

«Sono seria! Che cosa succederebbe?»

«Potremmo adottare un bambino. Ciò che ti interessa è avere un figlio, giusto?»

«Sì» dice dolcemente.

«Comunque, non avremo subito un bambino. Una casa stabile e amorevole è importante. Per cominciare dovremo solo imparare a conoscerci. Intimamente.»

Ariana lascia andare il fiato abbastanza forte da sentirla. «Oh.» Passa un momento prima che aggiunga: «Che cosa intendi per intimamente?».

«La stessa cosa che intendi tu.»

«Condivisione, fiducia.»

«Certo. Tra le altre cose.»

Entro nel garage sotterraneo e parcheggio nel mio spazio. Lei scende dall'auto prima che possa aprirle la portiera. Chiudo l'auto, le prendo la mano e andiamo verso l'ascensore.

«Sono nervosa» mi dice.

Le stringo la mano. «Non è il caso. È come andare in bicicletta. Sei caduta, ma ricorderai come si fa appena risalirai in sella.»

Si aprono le porte dell'ascensore ed entriamo. Premo il tasto per l'ottavo piano.

Ariana mi dà una strana occhiata, con le sopracciglia che quasi si uniscono. «Non riesco a capire se stai parlando in modo sconcio o solo parlando.»

Scuoto la testa. «Credimi, quando parlerò in modo sconcio lo capirai. Rilassati, faremo solo le cose intime che vorrai.»

«Vedi, suona suggestivo quando lo dici tu.»

«Allora dillo tu.»

Si lecca le labbra. «Diventeremo intimi e impareremo a conoscerci veramente dentro e fuori. Oddio! Sembra suggestivo anche quando lo dico io!»

«È quello che mi piace in te, Ariana. Dici quello che pensi e pensi quello che dici.» Le do in fretta un bacio.

È senza parole. Sex appeal, ce l'ho e so come usarlo.

La faccenda del bambino è un forse. Ariana è un forse. Comunque, non posso fare a meno di pensare che stiamo andando nella giusta direzione.

8

Ariana

Ho il cuore che romba nelle orecchie e sento lo stomaco che sprofonda mentre l'ascensore sale all'ottavo piano. Sto per fare sesso con lui al primo appuntamento? Cosa ancora più allarmante, abbiamo veramente intenzione di sposarci e avere un figlio insieme nel prossimo futuro? Lo abbiamo deciso al primo appuntamento?

Ho il respiro corto e sono a *tanto così* dal premere il tasto per tornare all'ingresso. E poi il fiato scompare completamente quando Dylan si sposta all'improvviso, facendomi appoggiare alla parete. Mi ingabbia, con le mani ai lati delle mie spalle, la faccia a millimetri dalla mia, quegli occhi azzurri che bruciano con una tale intensità da non permettermi di battere le palpebre.

«Rilassati. Sei al sicuro con me» dice prima di sfiorarmi le labbra con un bacio talmente lieve che gli afferro la camicia per assicurarmi che mi dia di più.

Mi sfiora nuovamente le labbra e io sospiro, con gli occhi che si chiudono, arrendendomi. Mi dà un altro bacio all'angolo della bocca e poi all'altro angolo. Lo seguo con la testa. Desiderando di più. La sua mano grande e callosa scivola sulla gola; sfiora con il pollice il punto sensibile appena sotto la mandibola, le dita che si curvano intorno al lato del collo.

Aspetto, senza fiato, con il polso che sfarfalla, elettrizzata. Poi finalmente mi bacia, un bacio profondo stupefacente che è esattamente ciò di cui ho bisogno. La mente si svuota, spariscono tutti i pensieri paurosi. Il desiderio si accumula nel mio basso ventre, le gambe diventano pesanti quando si preme addosso a me, una gamba tra le mie, il corpo muscoloso che mi inchioda contro la parete. Sto pulsando di desiderio e tutto ciò cui riesco a pensare è: *voglio di più*.

Dylan interrompe il bacio e il suo pollice mi accarezza ancora sotto la mandibola. «Hai il polso che corre, Ariana.»

«Lo so.»

«Spaventata o eccitata?»

«Entrambe le cose?»

Sogghigna. «Non lo sai? Dovrò fare di meglio allora.»

C'è un bip quando l'ascensore arriva all'ottavo piano e Dylan si stacca, mi prende la mano e mi guida lungo il corridoio. Ho le gambe che tremano. Non riesco a credere di essere così agitata perché siamo tornati a casa sua. Cioè, ovviamente se voglio il suo sperma devo diventare intima. Ha già detto che non gli sta bene fare una donazione alla banca del seme. E non è che non abbiamo mai fatto sesso prima d'ora. Solo che la posta non era così alta. L'ultima volta sapevo che sarei partita il giorno dopo. Questa volta potrei legarmi a lui per sempre.

«Tua madre approverebbe me al posto di un pazzoide, non credi?» mi chiede.

Mi scappa una risata. «Non so perché si sia fissata che ci siano dei pazzoidi in un raccoglitore di uomini alla banca del seme. Dev'essere qualche strana storia che le ha raccontato un'amica.»

Dylan si ferma e si china a baciarmi il collo, ancora nel punto sensibile appena sotto la mandibola. «Ti stai calmando. Tutto quello che devo fare è farti ridere.»

«Era un bacio per controllarmi le pulsazioni?»

Ammicca. «Tra le altre cose.» Sorride e mi mette una mano

sulla schiena, accompagnandomi nel suo appartamento. Dopo aver aperto la porta mi lascia entrare per prima.

Entro in cucina e resto di stucco. Mi aspettavo il classico appartamento da scapolo... pochi mobili, una panca per i pesi e manubri o roba simile. In effetti è veramente carino, tanto da vedermi vivere qui. La cucina è moderna con gli elettrodomestici in acciaio inox e un'isola col ripiano di granito beige. Dall'altra parte dell'isola c'è una sala da pranzo con un tavolo di legno chiaro per otto persone e pavimenti di legno a spina di pesce. C'è perfino una bella credenza con uno specchio rotondo dalla cornice di legno color miele montato sopra. Mattoni a vista lungo le finestre sulla parete adiacente sembrano risalire alla costruzione dell'edificio. Quest'uomo che lavora con le sue mani e guida una Harley ha gusti di classe. Ovvio, è un principe. Sto ancora cercando di capacitarmi di questo fatto.

«Ti piace?»

Mi volto a guardarlo. «Sì, è così bello. L'hai arredato tu?»

«Sì, più o meno. Ho scelto della roba qui e lì.»

«Mi aspettavo il tipico appartamento da scapolo.»

«Devi capire, vedo il lavoro degli arredatori d'interno negli edifici residenziali. A un certo punto si impara. Mi piacciono le linee pulite e i materiali naturali.»

«Anche a me.»

Dylan sorride con gli occhi azzurri che scintillano. «Bene.» Mi prende la mano e mi tira nel soggiorno lì vicino, che sembra accogliente con un divano marrone chiaro e, di lato, una chaise longue. C'è una TV montata sulla parete e sotto un mobile contenitore proprio davanti al divano. Ha perfino delle piante. Quale altro scapolo si prende cura delle piante?

Lo fisso mentre va alla finestra e chiude le veneziane. È responsabile. Si cura dei fratelli minori e delle piante. La sua attrattiva come possibile padre ha appena guadagnato un sacco di punti! Ci sono *quattro* tipi diversi di piante. Non ho idea di come si chiamino, ma sono verdi e lussureggianti. Ed è ordinato. Non c'è niente in giro. Solo un paio di telecomandi su un tavolino accanto a una lampada.

Apre il mobiletto sotto la TV e qualche istante dopo comincia la musica. È bassa, non invadente. Non riconosco la band. Scommetto che è la sua playlist da seduzione.

Si volta verso di me. «Ci sono anche tre camere da letto, ma non volevo che pensassi che ci stavo provando con te, facendotele vedere. Vieni qua, Airy Fairy.»

«Non chiamarmi così.»

Mi tende una mano a palmo in su. «Ariana, vieni qua.» C'è un leggero tono autoritario nella sua voce cui reagisco automaticamente, lasciando cadere la borsa e andando verso di lui.

Metto la mano nella sua e lui mi sorprende, alzandola sopra la mia testa e facendomi piroettare. Poi mi tira indietro contro di lui.

«Come ti è sembrato?»

«Bello.»

«Il ricordo più bello che ho di te è quando piroettavi in giro, con un'espressione di pura gioia sul volto. Dovresti ballare di nuovo. Dai, fallo.» Si tira indietro e mi osserva.

Sento le guance che si scaldano. «Potremmo... ballare un lento insieme.»

«Fai un tentativo. Solo qualche passo del balletto che ti piaceva tanto da non riuscire a smettere di danzare.»

«Non posso. È passato troppo tempo e mi parrebbe strano con te che mi osservi.»

Lui si avvicina, mi mette una mano calda sulla schiena e con l'altra prende la mia. «Okay, allora balleremo insieme.»

Gli appoggio la mano sulla spalla, un po' agitata perché sembra tutto molto più romantico di quanto mi aspettassi da lui. Mi tira ancora più vicino e il suo calore e il profumo speziato mi avvolgono. Gli appoggio la guancia sul petto, ascoltando il battito lento del suo cuore. Stiamo ballando, quasi, solo un lento ondeggiare mentre mi tiene stretta.

Qualche momento dopo, l'agitazione passa. Il ritmo lento che impone, la musica dolce, il suo calore e la sua forza: è esattamente ciò di cui ho bisogno. È passato così tanto tempo da quando qualcuno mi ha tenuto stretta.

Sento la sua voce che rimbomba nel petto. «Forse potresti ballare quando sei da sola e ritrovare un po' di quella leggerezza da Airy Fairy.»

Alzo la testa. «Ho sempre detestato quel nomignolo.»

Dylan mi accarezza i capelli e mi guarda teneramente. «È così che ti ho rovinato? Prendendoti in giro troppo e poi accettando la tua offerta?»

Stringo le labbra. Detesto ammettere la verità ma, al contempo, mi rendo conto che lo preoccupa ancora che l'abbia detto.

Mi sfiora col pollice il labbro inferiore, lasciandosi dietro un formicolio che mi fa aprire le labbra. «Vuoi che ti baci ancora, Ariana?» La sua voce è un velluto e mi sciolgo.

«Sì.»

Mi alzo sulla punta dei piedi, ma Dylan tiene le labbra fastidiosamente fuori dalla mia portata. Invece, fa scivolare lentamente la mano lungo la mia spina dorsale prima di fermarsi sulla curva del sedere. Resto senza fiato, il calore della sua mano mi brucia attraverso i jeans e tutto il corpo si scalda reagendo.

Mi fissa negli occhi mentre la mano scende ancora, con le dita che premono fermamente tra le gambe. Risucchio l'aria. Non mi ero aspettata l'intimità di quel tocco, eppure non mi tiro indietro. È troppo piacevole. Mi accarezza, facendo scivolare le dita avanti e indietro. Stringo forte le sue spalle con entrambe le mani, con le ginocchia molli. Sono calore liquido, mi sto sciogliendo da dentro e la pressione aumenta.

I suoi occhi bruciano nei miei mentre continua ad accarezzarmi intimamente. «Dimmi come ho fatto a rovinarti e ti darò ciò di cui hai bisogno.»

Non ho dubbi che sappia esattamente di che cosa ho bisogno.

«Non stai giocando lealmente» dico, mentre i miei fianchi si spostano irrequieti contro di lui, cercando un maggior contatto.

«No, è vero.» Mi tiene per i fianchi, impedendomi di muovermi. «Dimmelo.»

Sbuffo. «Nessun altro era all'altezza, okay? Mi hai rovinato per gli altri uomini era il resto di quella frase imbarazzante.»

Lui mi fissa.

Sto blaterando perché sono arrivata al punto di essere una palla scintillante di desiderio. È passato troppo tempo e lui è così bravo a farmi sentire bene. «Ogni altro uomo era una delusione. Nessuno si è preso il tempo di soddisfarmi come te, almeno fino a quando ho conosciuto mio marito, ed è probabilmente il motivo per cui mi sono sposata così giovane. Non credevo che avrei trovato qualcun altro.»

Le sue labbra si curvano per un attimo in un sorriso prima che si accigli. «Allora, perché l'hai detto in quel modo? Che ti avevo rovinato?»

«Non lo so. Mi è solo uscito così. Mi hai colto alla sprovvista quella sera ed ero già al limite, con mia madre che si torceva le mani parlando del mio futuro.» Mi innervosisco solo pensando a mia madre. «Baciami di nuovo, in fretta.»

Lui mi prende per la nuca, mi tira vicina e mordicchia il mio labbro inferiore, mandando una scossa elettrica giù fino in fondo. «Io mi prendo tutto il tempo necessario con ogni cosa, sai. Lavoro e piacere. Voglio fare le cose nel modo giusto, non in fretta.»

Lo afferro per il sedere e lo tiro verso di me. «Mi piace.»

Lui mi appoggia la mano sulla guancia, accarezzandola con il pollice. «Tu non mi hai rovinato per le altre donne.»

Mi sgonfio e lascio cadere le braccia. «Perfetto. Proprio quello che volevo sentire.»

Lui mi prende il volto con entrambe le mani. «Ma non ti ho mai dimenticato.»

Smetto di respirare. «Oh.»

Dylan abbassa le mani sulle mie spalle, per poi farle scivolare lungo le braccia fino alle mani, che stringe forte. «È stato difficile sapere che eri sposata e non avrei più avuto la possibilità di stare di nuovo con te e vedere che cosa sarebbe potuto diventare. Eppure, sei qui.»

«Sono qui.»

Dylan sorride contro le mie labbra. «Vuoi che ti rovini un'altra volta?»

Gli getto le braccia intorno al collo. «Non c'è niente che vorrei di più.»

Dylan borbotta un'imprecazione prima di incollare la bocca sulla mia. Il suo bacio è bollente ed esigente e il mondo sparisce con l'eccitazione e il desiderio che crescono dentro di me. Mi infila le dita tra i capelli, e mi appoggia l'altra mano sul sedere, tenendomi stretta a lui. Tutto quello che voglio è avvicinarmi ancora di più. Voglio fondermi con lui. Gli strappo la camicia dai pantaloni, posando le mani sulla sua schiena ampia. Ho bisogno di sentire la pelle sotto le mani. Il gioco dei suoi muscoli mi fa solo venire voglia di vedere di più, sentire di più.

Dylan interrompe il bacio e si avvolge i miei capelli intorno al pugno, tirandomi indietro la testa per mettere in mostra il collo. Sto quasi vibrando per l'attesa prima che abbassi la testa e appoggi dolcemente le labbra sulla mia gola, apra la bocca e mi graffi leggermente con i denti. Ho un brivido. C'è qualcosa nel modo in cui mi tiene che non ho mai dimenticato. È sicuro di sé, imperioso, mi sta consumando, ma con una forza trattenuta che mi fa sapere che è attento, nel miglior modo possibile, che mi ha a cuore.

«Pronta per un po' di intimità?» mi chiede con la voce tesa.

«Dio, sì.»

Mi prende per mano e mi porta verso il divano. Strano. Pensavo che saremmo andati in una delle tre stanze da letto. Un appartamento con tre camere è favoloso per una famiglia.

Si siede e io mi siedo a cavalcioni sopra di lui. Lui mi solleva immediatamente prendendomi per la vita e facendomi sedere al suo fianco.

Resto seduta lì, completamente confusa. Che cos'è successo?

«Dimmi tutto di te» mi ordina.

«Che cos'è successo all'intenzione di rovinarmi?»

«Questione di priorità. Concentrati, Ariana. Sbrigati e dimmi tutto.»

Do un'occhiata ai suoi jeans, tesi sopra un'erezione massiccia. Sta spuntando man mano le voci delle cose che avevo detto di volere: che avremmo dovuto conoscerci meglio. Perché l'ho detto? Voglio solo che mi faccia venire. Posso dirlo senza sembrare disperata e maledettamente eccitata?

Diavolo, sono disperata ed eccitata. Probabilmente non mi aiuta il fatto di non essere stata con nessuno dopo il mio ex, più di sette mesi fa.

Il suo tono è calmo e paziente. «Mi pare di capire che non sei completamente d'accordo con la faccenda dell'intimità. È stata una *tua* idea.»

Gli prendo la mano e la poso sulla mia coscia, in alto. «La prima cosa che dovresti sapere di me è che non sto con un uomo da più di sette mesi.» Allargo le gambe e guardo diritto davanti a me, sperando che capisca l'antifona.

«Per me sono tre mesi» dice, allargando le gambe esattamente come me.

Sono divisa tra la voglia di ridere e quella di urlare per la frustrazione. Ovviamente sta cercando di scambiare informazioni intime e dovrebbe valergli una lode. D'altro canto... gli sposto la mano all'interno della coscia. «Potresti solo...»

«Cosa?»

«Sto pulsando.»

Lui alza le sopracciglia. «E?»

Sento le guance che si scaldano. «Non potresti... uhm... aiutarmi?»

«Aiutarti» ripete come se fosse confuso.

Sì, fammi venire!

Sono abbastanza disperata da continuare a spiegarmi. «Sì, sai... ah!» Mi trovo sdraiata sulla schiena perché mi ha appena placcato.

Si tiene sulle braccia sopra di me, sorridendo. «Sporcacciona eccitata.»

Posa le labbra sulle mie mentre si sistema tra le mie gambe, l'erezione dentro i jeans che strofina esattamente dove ne ho bisogno. Mi sfugge un gemito e gli affondo le unghie nelle spalle. Alzo i fianchi, cercando più contatto. Non accenna a spogliarsi, né a spogliare me, invece ricomincia a baciarmi avidamente, abbassando la mano per accarezzarmi il seno attraverso la maglia e poi finalmente sotto, inserendo le dita sotto il reggiseno per pizzicare forte il capezzolo. Si strofina contro di me e vedo un cielo stellato. E poi non c'è altro che la sua bocca che mi divora, i fianchi che strusciano contro i miei, mentre la pressione dentro di me sale e sale... sono così vicina.

Dylan solleva i fianchi dai miei e sono sul punto di protestare quando mi slaccia in fretta il bottone dei jeans, apre la cerniera e li tira verso il basso. Poi mi toglie gli stivali e i jeans seguono e, finalmente, torna da me, infilando le mani nelle mie mutandine. Gemo forte a quel tocco intimo che desideravo tanto.

«Così bagnata» dice, con le dita che si spingono dentro. Ansimo e poi comincio a respirare affannosamente mentre continua. La pressione sale. Dylan sposta la mano, applicando la pressione giusta con la base, mentre mi accarezza dentro lentamente con le dita. Ed eccomi lì, sull'orlo dell'orgasmo.

«Per favore, per favore» piagnucolo, con il bisogno di venire che mi travolge.

Dylan mi preme le labbra sul collo. Baci bollenti, a bocca aperta che salgono fino al mio orecchio mentre le dita aumentano espertamente il ritmo. Gemo piano, con le dita dei piedi che si arricciano, mentre il mio corpo si stringe intorno alle sue dita.

«Lasciati andare» mi ordina e affonda i denti nel mio collo per un morso deciso.

Tremo ed esplodo, con un'ondata di piacere al calore bianco che mi attraversa, accendendomi fino alle dita dei piedi. Dylan addolcisce il suo tocco, mormorando dei complimenti mentre esaurisco lentamente l'orgasmo più delizioso della mia vita. Mi affloscio sul divano.

Dylan toglie la mano e mi bacia la guancia, le labbra. «Bello.»

«Ne avevo così bisogno» dichiaro.

«Penso di aver capito come condividere intimità con te.»

Gli afferro la testa e bacio la sua bocca sorridente. Dylan

mi prende in braccio e mi porta nella sua stanza. Appoggio le mani sui suoi bicipiti, duri di muscoli, ancora stordita e sognante. Mi rimette in piedi accanto al suo letto e mi toglie il maglione.

Sibila emettendo il fiato mentre mi guarda. «Sexy» dice prima di appoggiare la bocca sulla mia. Le sue mani risalgono dai fianchi fino al seno. Armeggio con i bottoni della sua camicia. Devo sentire la sua pelle sulla mia. Dylan interrompe il bacio, mi scosta le mani e si slaccia la camicia, senza mai smettere di fissarmi.

Punto ai suoi jeans, slacciandoli e abbassando la cerniera sopra la sua erezione. Poi mi metto in ginocchio e lo bacio attraverso i boxer. Lui geme. Gli tolgo jeans e boxer e lui mi aiuta, scalciando via le scarpe e finendo di svestirsi. Finalmente l'ho esattamente dove lo volevo e gli avvolgo intorno la mano, facendola scorrere su e giù. Dylan mi afferra per i capelli, stringendo. Mi lecco le labbra e lo prendo completamente in bocca. Lui emette un gemito profondo. Continuo, mi piace il suo sapore, mi piace sentirlo esprimere il suo piacere. Lo guardo mentre tira indietro la testa e chiude gli occhi.

Qualche minuto dopo, mi dà una forte tirata ai capelli. «Ariana.»

Alzo gli occhi. I suoi bruciano nei miei. «Sì?»

Lui emette un gemito strozzato prima di tirarmi in piedi e schiacciare la bocca sulla mia. In pochi secondi non ho più il reggiseno e le mutandine e lui getta via la camicia prima di spingermi sul materasso.

«Non ti metterò incinta finché non sarai mia» dice, prendendo un preservativo dal comodino.

Sento una fitta di gioia pura sentendolo parlare apertamente di un figlio, anche se, ragionevolmente, intende aspettare. Vuole una famiglia e, in fondo in fondo, per timorosa che sia di rischiare il mio cuore, è quello che voglio anch'io. Sono sicura che quando gli effetti dell'orgasmo svaniranno troverò nuovamente allarmante l'idea di un futuro insieme, ma per il momento sono esattamente dove voglio essere.

«Allarga le gambe, baby» mi dice con la voce roca.

Apro le gambe e lui mi fissa gemendo. Un attimo dopo mi

copre e la sensazione della sua pelle sulla mia mi porta a sospirare di sollievo e poi ad ansimare quando mi penetra completamente. Alza la testa, osservandomi mentre esce lentamente e quasi completamente e poi si spinge dentro di nuovo, forte. I nostri gemiti sono in sincrono.

«Ancora» dico sollevando i fianchi.

Lui mi afferra forte i fianchi mentre spinge e l'intensità cresce col ritmo che aumenta. Sento il suo respiro aspro accanto all'orecchio. «Dio, quant'è bello con te.»

Rabbrividisco. «Anche per me.»

Lui si tira fuori all'improvviso, si sposta per inginocchiarsi tra le mie gambe e si appoggia la mia caviglia sulla spalla, fermandosi un istante per baciarmi il polpaccio prima di mettersi anche l'altra caviglia sulla spalla. Mi afferra saldamente i fianchi e spinge; la penetrazione profonda mi toglie il fiato.

«Oddio» ansimo e poi non ci sono più parole mentre continua a spingere e ritrarsi. Il piacere si diffonde in tutto il mio corpo quando colpisce proprio il punto giusto. Mi si rovesciano gli occhi nella testa, sto stringendo le lenzuola tra le mani.

«Guardami.»

Mi concentro su di lui con un grosso sforzo. Il suo corpo grande e muscoloso, la sua forza mentre si spinge profondamente dentro di me. Non mi sono mai sentita così. Una pressione incredibile con un'intensità che continua a crescere e che mi fa venire voglia di sentirlo ancora più vicino. Non posso muovermi, bloccata dalla sua presa. Vicina... così vicina.

Lui continua e la pressione cresce a ogni colpo. È troppo. *Ho bisogno, ho bisogno...* non riesco a formulare le parole. Ho il respiro che esce a piccoli sbuffi. I nostri corpi sono coperti da un velo di sudore. I suoi occhi continuano a bruciare nei miei. Ha i tendini del collo tesi mentre si trattiene, inserisce le dita tra le mie gambe e mi strofina. Getto indietro la testa con un lungo lamento che mi sfugge dalle labbra mentre tutto il mio corpo si tende sotto di lui.

La sua voce, profonda e roca, insiste mentre continua a

spingere e le sue dita accelerano il movimento. «Apri gli occhi, Ariana. Senti come possiedo il tuo corpo, adesso?»

Mi sforzo di aprire gli occhi. «S-sì.»

Dylan addolcisce il tocco e io tremo. Si spinge fino in fondo e si ferma, con le dita che mi accarezzano lievi. «Ti piace.»

Non è una domanda. Ho la febbre, sto tremando, la pressione è fortissima, riesco a malapena a pensare. Le sue dita si fermano e quasi ululo: «Dylan». Doveva essere una protesta ma sembra quasi un gemito.

«Vuoi venire adesso?»

«Sì.»

«Guarda cosa ti sto facendo.»

Guardo in basso, vedendo dove siamo uniti, mentre il suo cazzo eretto pompa fino in fondo e le dita mi accarezzano esperte. Sento un suono che comincia in fondo alla mia gola mentre il mio tremore cresce.

Ci sono gocce di sudore sulla sua fronte e vedo che cosa gli costa mantenere il controllo.

«Dai...» lo sto quasi pregando.

Lui si ferma di nuovo, immerso profondamente e la mano sale a posarsi sul seno, col pollice che va avanti e indietro sul capezzolo turgido. Abbasso una mano per toccarmi, disperata, voglio venire e lui mi afferra il polso. «Posso toccarti solo io.»

Lo fisso negli occhi brucianti e mi sfugge un lamento. Lo sento gonfiarsi e indurirsi dentro di me. Apro le labbra quando le sue dita tornano ad alleviare la pressione. «Oddio, sì.» Riesco a malapena a riconoscere la mia voce disperata.

Dylan ringhia e spinge forte. Vedo lampeggiare una luce dietro le palpebre. Lui continua, incessante e sono fuori di testa, fuori controllo, mi sfuggono grida leggere, e tutto si aggroviglia e si stringe dentro di me anche mentre mi apre con le sue spinte profonde.

Urlo mentre esplodo, con i brividi che scuotono il mio corpo e il piacere che mi travolge come un'ondata inesauribile.

«Ssssìì» sibila Dylan prima di afferrarmi i fianchi con

entrambe le mani e accelerare il ritmo. A ogni spinta il piacere esplode di nuovo e poi lui si lascia andare con un lungo e basso gemito.

Cerco di riprendere il fiato, con gli occhi che si chiudono, esausta e tremante.

Dylan toglie delicatamente le caviglie dalle sue spalle e si tira fuori. Ho le gambe tremolanti mentre resto lì, molle come un budino. Il materasso si sposta quando scende dal letto. Qualche momento dopo torna e si infila sotto le coperte. Mi tira verso di sé e restiamo lì, una accanto all'altro, appiccicati. Mi accoccolo contro il suo calore, gettando una gamba e un braccio sopra di lui.

Dylan mi scosta i capelli dal viso. «Come ti senti?»

«Favolosamente bene.»

Lui ridacchia. «Bene. Ci incastriamo bene.»

«Per un soffio.»

Lui mi alza il mento, guardandomi con gli occhi divertiti. «Stai cercando di dirmi che sono superdotato?»

«Forse era solo passato un po' troppo tempo per me.»

«Probabilmente entrambe le cose» risponde dandomi un piccolo morso sul labbro.

«Nessuna lamentela da parte mia per quello.» Passo il palmo della mano sul suo petto, mi piace il gioco dei muscoli. «È stato intenso la prima volta, tanto tempo fa e ancora di più adesso. Pensi che diventi più intenso tutte le volte?»

«È intenso perché insieme funzioniamo. E finché continuerà, sì, sarà intenso. È il motivo per cui sono scappato la prima volta. Non mi ero mai sentito così.»

Mi immobilizzo. «Davvero? È il motivo per cui sei scappato? Pensavo che avessi avuto quello che volevi e che quindi te n'eri andato.»

«*Tu* avevi avuto quello che volevi, e io ho avuto il peggior caso al mondo di *ho bisogno della mia dose* per mesi, dopo. Che cosa dovevo fare? Seguirti al college in California?»

«Sì!»

Dylan mi bacia la fronte, il naso e poi le labbra. «Non era il momento giusto. Sapevo che dovevi concentrarti sul college e ti avrei solo ostacolato. Non ho mai pensato che ti saresti sposata immediatamente dopo aver finito il college e che saresti rimasta là.»

«Non posso dire di rimpiangere le mie scelte. Allora sembravano quelle giuste.» Mi rannicchio contro il suo petto e sospiro. «Ma le cose non sono andate come pensavo e, a volte, la vita sembra difficile.»

«Vero.» Stringe il braccio intorno a me. «Resta questa notte.»

Sorrido. «Sembra che sia obbligata, visto come mi stai stringendo.»

Lui allenta la presa, afferrandomi per la nuca e baciandomi piano. «Avevo intenzione di andare adagio con te. Resta questa notte e ti dimostrerò che cosa significa essere lento e meticoloso.»

Rido, una risata felice, stordita. «Non penso che sopravvivrei. Sei stato abbastanza lento e meticoloso questa volta. Sono andata fuori di testa.»

Lui non sorride. Ha un'espressione intensa. «Andavi fuori di testa con il tuo ex?»

«Mai.»

Mi passa la mano sulla schiena, prima di appoggiarla sul sedere. «Risposta giusta.»

«È la verità.»

«Non volevo che succedesse così presto. Pensavo che avremmo parlato per un po'.»

«È difficile combattere l'alchimia. Sono contenta di averlo fatto. Non mi sentivo così bene da tanto, tanto tempo.»

Lui resta zitto, continuando ad accarezzarmi la schiena. Mi calma e mi eccita allo stesso tempo. È tutto collegato alla strana dinamica che c'è tra di noi: ci conosciamo eppure non ci conosciamo. C'è familiarità tra di noi e non c'è.

«Sappiamo di essere compatibili a letto» dice.

«Eh sì.»

«Il prossimo passo sarà determinare se siamo compatibili per vivere insieme.»

Mi appoggio su un gomito. «Vuoi veramente che mi trasferisca qui?»

«Mi sembra il prossimo passo logico, prima del matrimonio e un bambino. Due mesi o giù di lì e dovremmo capire se funziona.»

La realtà si intromette, facendomi battere forte il cuore e aggrovigliare i pensieri. In qualche modo, adesso sembra diverso. Vero. Come una vera relazione. Un momento. «Non è il corso naturale di una relazione?»

Dylan fa un sorrisino sghembo. «Il corso naturale è bere qualcosa insieme, cene, uscite, sesso, trasferimento, matrimonio e figli. Tu hai cominciato con i figli e ho dovuto andare a ritroso da lì.» Mi dà una piccola sculacciata e squittisco.

Mi concentro di nuovo sulla velocità allarmante di questa relazione. «Stai procedendo a una velocità incredibile.»

I suoi occhi azzurri scintillano maliziosi. «Beh, i tuoi ovuli non stanno diventando più giovani.»

Gli do un pugno sulla spalla e lui sorride, rotolando sopra di me e appoggiandomi il naso sul collo. Sospiro e lo abbraccio. Non sono abituata a una fisicità così spontanea, ma comincio ad apprezzarla. Mi mordicchia e mi bacia risalendo lungo il collo e rabbrividisco. Sento il suo sorriso sul collo mentre continua a darmi baci bollenti a bocca aperta risalendo verso l'orecchio.

Giochicchio con i capelli folti e morbidi sulla sua nuca e sento rinascere il desiderio. Come fa a riuscirci così in fretta?

Dylan alza la testa. «Porta tutta la roba che vuoi. Devi sentirti a casa tua. Vedremo come va, giusto?»

Mi blocco. Sono sicura di volere un bambino molto presto. Non so se sono pronta per un impegno simile, così presto.

«Non ti farò impazzire nemmeno lontanamente come i tuoi genitori» dice prima di baciarmi così a lungo che mi sciolgo sul materasso. Si sposta, baciandomi la clavicola e poi una mano scende, alzandomi il seno verso la bocca.

Smetto di respirare quando mi fissa negli occhi, con le labbra che sfiorano il capezzolo eretto fino a far male. «Non ho mai vissuto con una donna prima d'ora.» Le sue parole mi scorrono calde sulla pelle. «Sto facendo un'eccezione per te perché sei così maledettamente sexy.»

Gli tiro i capelli e arcuo la schiena. Voglio la sua bocca su di me.

«Ariana, dimmi che cosa stai pensando in questo momento.»

«Ho bisogno di te, tanto. Voglio la tua bocca su di me, le tue mani sulla pelle, ti voglio dentro di me.»

«Cazzo. È lo stesso per me, baby.» Si sposta verso l'alto, appoggiandosi alle braccia sopra di me. «Ma ho bisogno di sapere che cosa pensi sul fatto di trasferirti da me.»

Gli studio il volto e sembra completamente calmo. È pronto a sistemarsi. Deglutisco, lasciando cadere le mani. «Ho paura. Sembra troppo frettoloso.»

«Stiamo muovendoci in fretta, ma non troppo. Ci conosciamo da tanto tempo. Ho perso la mia chance una volta con te e non voglio perderla ancora. Voglio far parte della famiglia che vuoi.»

«Come fai a volerlo?»

«È così e basta.»

Sento l'adrenalina che scorre e sposto lo sguardo sopra la sua spalla, travolta da un tripudio di emozioni. Lo desidero. Voglio un bambino. Voglio correre il rischio perché potrebbe valerne la pena. Questa corsa fuori controllo verso una relazione è accaduta per colpa mia perché sono stata io a dire che volevo fosse il padre del mio bambino. Non riesco a separare le due cose nella mia mente. Il mio desiderio di un figlio e Dylan come padre. Devo buttarmi. Rischiare il mio cuore, che sta ancora guarendo. Comunque, non ci sarà un bambino finché non mi impegnerò con lui. L'ha messo in chiaro. Oh Dio. Ho la bocca secca.

Potrei ancora andarmene, perfino adesso. Non sono obbligata a passare qui la notte. Se dovessi spingerlo via, lui lo accetterebbe. Solo che averlo qui è troppo piacevole.

Dylan mi prende il volto con la mano, riportando il mio sguardo su di lui e sono ipnotizzata dall'intensità della sua espressione, un ardore che mi toglie il fiato.

La sua voce è un ringhio aspro. «Ti ho già detto che ti terrò al sicuro e dicevo sul serio. Non devi avere paura. Ti proteggerò a ogni costo, anche da me stesso.»

Sbatto le palpebre, la tensione si sta lentamente dileguando davanti alla sua passione feroce. «Oh.» È tutto quello che riesco a dire.

«Abbracciami se ci stai.»

Le mie braccia ubbidiscono prima che il cervello protesti. E poi ho la sua bocca sulla mia e sono persa, sto annegando nelle sensazioni. Dylan prende nuovamente il controllo e il mio corpo accetta ciò che il mio cuore non può fare. Sono sua.

9

———

Ariana

Quando torno a casa la mattina successiva, preparo una piccola valigia. Basterà per una settimana. Mi dico che sarà come una vacanza. Una settimana nella terra straniera di Dylan e poi potrò tornare. Ora la parte difficile: dare la notizia ai miei genitori. Loro sono dell'idea che la gente non dovrebbe vivere insieme prima del matrimonio perché è "giocare alla famiglia" e ostentare il sesso prematrimoniale, cosa che non va d'accordo con la nostra religione. È difficile stare al passo con che cos'è e cosa non è un peccato da queste parti. Cioè: ho avuto l'okay per passare la notte da lui. Non che abbia bisogno del loro permesso.

È sabato mattina e questo significa che la mamma ha preparato una colazione completa e che stanno mangiando insieme. Il loro esempio mi dà speranza. Sono contenti della reciproca compagnia. Mamma è piena di passione e di energia; mio padre è più rilassato e pacato. Funziona.

Appoggio la valigia accanto alla porta d'ingresso e torno in cucina. «Buongiorno.»

«Buongiorno» mi saluta mio padre.

«Deduco che con Dylan sia andata bene» dice mia madre con un enorme sorriso.

Cerco di non arrossire. «Molto bene, grazie.» Prendo un piatto e mi servo di pancake ai mirtilli, uova strapazzate e bacon. Mi piace la colazione del sabato.

Mi siedo a tavola e ci do dentro. Affronterò l'argomento del mio trasferimento da Dylan per una settimana o giù di lì dopo aver finito di mangiare. So già che non sarà una conversazione facile.

Riesco a sentire i loro occhi su di me.

Mi alzo per andare a prendere una tazza di caffè e un grosso bicchiere d'acqua. Appena mi risiedo, mia madre comincia. «Sembra che non fosse solo una cena di lavoro. Ora non desideri aver indossato una gonna?»

Mastico e ingoio. «Era di lavoro, ma abbiamo anche parlato, sapete, ricordando i vecchi tempi.»

I miei genitori si scambiano un'occhiata complice. Oops. Avevo dimenticato che sapevano che cos'era successo ai vecchi tempi.

Bevo un sorso di caffè. «Farò da consulente per la sua impresa. È l'AD adesso e vuole espandersi dalle costruzioni allo sviluppo immobiliare.»

«Hai un lavoro! Congratulazioni!» dice mio padre.

Mia madre lo guarda storto. «Adesso ha complicato le cose. Non può lavorare per lui e contemporaneamente uscire con lui.» Poi si rivolge a me: «Perché devi intorbidire le acque in questo modo. Pensavo che il tuo obiettivo fosse avere un bambino, e questo significa un marito».

«Me l'ha chiesto» dico e continuo a mangiare. Non parlo del fatto che lavorerò gratis in cambio della sua collaborazione in altri campi. Mio padre è una bomba a orologeria e vorrei godermi quest'ultimo pasto cucinato in casa prima che esploda.

«È una bella notizia, Donna» le dice mio padre. «Ariana ha un'ottima istruzione. Dovrebbe usarla.»

«So che è intelligente» dice mia madre. «È una ragazza sveglia, ma adesso è complicato. Ci sono regole nei posti di lavoro. Non hai sentito parlare del movimento #metoo?»

Alzo di colpo la testa. Mia madre è al corrente del movimento. Non pensavo nemmeno che sapesse che cos'era un hashtag. Deve aver visto la mia espressione sorpresa perché dice: «Sì, tua madre è al passo coi tempi. Pensi che la tua generazione sia l'unica proprietaria dell'era digitale? Sono connessa anch'io».

Alzo una mano. «È meraviglioso, mamma.» Ha poco più di cinquant'anni, ma è talmente vecchia scuola che non pensavo le piacesse Internet. Le interessa di più la chiesa, fare volontariato nel reparto bambini della biblioteca e far parte del consiglio di amministrazione della scuola.

Lei sbuffa e si alza, prende il suo piatto e va al lavandino. Mio padre continua a bere il suo caffè in silenzio.

Finisco di mangiare mentre mia madre rassetta la cucina nel suo solito modo efficiente. Mio padre l'aiuta asciugando i piatti e riponendoli. Hanno un loro sistema.

Io mi alzo per sparecchiare il mio posto. Mio padre mi prende il piatto prima che possa sciacquarlo e lo fa lui. Mi appoggio al ripiano, faccio un respiro profondo e vuoto il sacco. «Allora, ho una buona notizia. Oltre ad avere questo nuovo lavoro come consulente, mi trasferirò a casa di Dylan. Faremo una prova, sapete, per vedere se siamo compatibili.» Davanti alle espressioni gemelle di sorpresa dei miei genitori – occhi sgranati, bocca aperta – continuo: «Dylan è pronto a sistemarsi e io voglio fare un tentativo».

«Quando?» chiede mio padre.

«Oggi.»

«Fare una prova?» esplode mia madre, con le mani che si muovono agitate in aria. «Dovevi lanciare l'amo, non buttarti nella rete!»

Non so nemmeno che cosa dire di quella frase.

«Vivranno nel peccato!» esclama, rivolta a mio padre. Lui mi guarda, poi torna a guardare lei e sembra non sapere bene che posizione prendere in merito.

«Non è un peccato, mamma.»

«Oh, sì che lo è.» Indica mio padre. «Tuo padre e io non abbiamo mai vissuto insieme prima di sposarci. C'è stato il corteggiamento e poi il matrimonio. È così che dovrebbe essere. Giusto Tony?»

«I tempi sono camb...» cerca di dire mio padre.

Mia madre lo interrompe. «Dillo a padre Richards.»

Tengo bassa la voce. «Mi dispiace che la pensi in questo modo, ma...»

Lei alza un dito. «Scommetto che la madre di Dylan *non* sarà felice di questa notizia, e gliela darò io!» esclama, marciando fuori dalla cucina.

«Mamma! Aspetta!» Le corro dietro.

Mi sorprende salendo al piano di sopra, quindi la seguo. Va in bagno, si spazzola i capelli e si mette il rossetto. Mi ha insegnato a non uscire mai di casa senza rossetto.

Colgo il suo sguardo nello specchio. «Hai veramente intenzione di parlare con la signora Rourke per la prima volta da anni, proprio di questo?»

Lei si volta. «Capirai quando sarai madre anche tu. E spero che avrai una figlia esattamente come te.» Lo dice come se fosse una maledizione.

«Lo spero anch'io.»

«Impertinente» sbuffa prima di scendere le scale.

La seguo. «Esattamente, che cos'hai intenzione di dire a sua madre?»

«L'orrenda verità.»

«Vengo con te.»

«Fa' come vuoi.»

Sento il bisogno di controllare capelli e trucco, ma non c'è tempo. Non vedo la signora Rourke faccia a faccia da quando ero una ragazza e adesso potrebbe diventare molto presto mia suocera. Voglio fare una buona impressione. Ma in qualche modo penso che quando si presenterà mia madre, quel treno sarà già partito.

Mia madre suona il campanello alla porta accanto e aspetta, testa alta e labbra rosse strette in una linea dura.

Viene alla porta il signor Rourke. Per un attimo ho l'immagine di lui e della signora Rourke che si danno da fare sul divano, secondo il dettagliato racconto di Dylan e la respingo in fretta nei meandri più nascosti della mia mente. Mi concentro invece sul fatto che Dylan gli assomiglia moltissimo, solo che il padre ha un po' di grigio sulle tempie e qualche rughetta intorno agli occhi, che sono di uno stupefacente color azzurro-verde. Ha una postura regale, spalle diritte, testa alta, fiero e dignitoso. Adesso riesco a vederlo come membro di una famiglia reale. Ciò che mi aspettavo di vedere era basato sul suo lavoro. Ovviamente ero solo una bambina l'ultima volta in cui l'avevo visto. Era il papà della porta accanto, che lavorava nell'ufficio di una ditta di costruzioni. Non diverso da qualunque altro vicino di casa appartenente alla classe lavoratrice.

Sembra stupito. «Buongiorno. Va tutto bene?»

Mia madre scuote la testa. «Sfortunatamente no. Tara è in casa?»

«Vuoi parlare con Tara?» chiede, palesemente sorpreso, e poi si fa immediatamente indietro. «Entrate, entrate. Vado a chiamarla. È di sopra che si sta preparando.»

Ci invita a sederci in soggiorno, ma mia madre si rifiuta di sedersi. Invece resta in piedi in anticamera. Io accetto l'invito a sedermi sul morbido divano blu scuro.

«È bello rivederti, Ariana» dice il signor Rourke. «Avevo sentito che eri tornata a casa.»

«Grazie, è bello rivedere anche lei.»

Si ferma, come se volesse farmi una domanda. Probabilmente che cosa diavolo sta succedendo con mia madre. Ma sembra ripensarci e va di sopra.

Qualche minuto dopo, sento i signori Rourke che scendono, quindi li raggiungo nella piccola anticamera.

«C'è qualcosa che non va con Tony?» chiede immediatamente la signora Rourke a mia madre.

«No, sta bene» risponde mia madre, un po' sulle sue.

La signora Rourke si rivolge a me. «Salve, Ariana. È bello rivederti.» Dylan ha i suoi penetranti occhi azzurri. È piuttosto bella, con i capelli diritti castano scuro, lunghi fino alle spalle, la pelle liscia e chiara e quegli occhi impressionanti. È in forma, con una vitalità che la fa sembrare più giovane dei suoi anni. Probabilmente l'aiuta il fatto di essere vestita in modo casual con un maglioncino morbido dal collo a V e jeans neri aderenti. Spero di avere un aspetto così attraente dopo aver avuto figli. E lei ne ha avuti sei!

Le sorrido anch'io. «Anche per me.»

La signora Rourke aggrotta le sopracciglia e si rivolge a mia madre, che sta praticamente vibrando per la tensione. «Posso offrirvi qualcosa da bere?»

«No, grazie» risponde rigida mia madre. «Dobbiamo parlare.»

«Okay, perché non ci mettiamo comodi in soggiorno?» Dà un'occhiata al signor Rourke, che si unisce a noi.

Mia madre si siede al centro del divano e io mi metto accanto a lei. Il signore e la signora Rourke si siedono sul divanetto abbinato.

«È passato un po' di tempo» dice la signora Rourke. «Come sta la tua famiglia?»

Un po' di tempo? Un eufemismo a dir poco, ed è molto gentile da parte sua ignorare la tensione di mia madre. Sta cercando di alleggerire l'atmosfera.

Mia madre si china in avanti. «Sei al corrente di quello che sta succedendo con i nostri figli? Dylan e Ariana intendono giocare alla famiglia.»

La signora Rourke è perplessa. «Scusa, non capisco.»

Mia madre getta in aria le mani. «Stanno vivendo nel peccato. A casa di Dylan! Adesso ti chiedo, come farà Ariana a trovare marito in questo modo. Lui non la sposerà mai. Perché dovrebbe quando ha ottenuto tutto quello che vuole da lei, se capisci che cosa intendo dire.»

La signora Rourke spalanca gli occhi. «È la prima volta che lo sento. Non sapevo nemmeno che si frequentassero.» Si rivolge al signor Rourke. «Tu lo sapevi?»

«Per me è una novità.»

«Com'è possibile?» chiede la signora Rourke. «Ariana, non sei tornata a casa solo verso Natale? Mi sembra sia successo in fretta. Sei a casa da quanto... tre settimane?»

«Stiamo solo vedendo se siamo compatibili vivendo insieme» dico. «Forse non funzionerà. Meglio non sprecare tempo e saperlo subito. Stiamo cercando di essere pratici.»

Mi fissano tutti, quindi continuo. «Dylan e io abbiamo una storia in comune. Ci conosciamo già un po'.»

«Un po'?» dicono all'unisono mia madre e la signora Rourke.

«È sbagliato» dice mia madre alla signora Rourke. «Vivono nel peccato e non ne può uscire niente di buono.»

La signora Rourke mi studia per un momento. «Non hai divorziato di recente?»

«Sei mesi fa!» esclama mia madre. «Ed era separata da prima. È pronta per farsi una famiglia. Capirai perché sono sconvolta. Come possiamo aspettarci di avere dei nipoti se stanno solo giocando? È sbagliato, sbagliato, sbagliato. Prima viene il corteggiamento, poi il matrimonio e poi i nipotini.»

Mi guardano entrambe e di colpo vorrei che Dylan fosse qui per spiegarsi. È stata un'idea *sua* quella di confermare la nostra compatibilità vivendo insieme. A me sarebbe bastata una donazione di seme. Ma no-o-o, Dylan non ne vuole sapere. Vuole qualcosa di reale. È lui che mi ha invitato a tornare a casa con lui e... la mia mente vaga. La notte scorsa è stata veramente, veramente bella. Il suo calore e il suo peso, le mani che mi tenevano, gli occhi azzurri che scintillavano quando mi sorrideva. Ha veramente un bel sorriso. Non l'avevo visto molto prima. Lo rendo felice. Mi si gonfia il petto per l'orgoglio. Mi piace veramente renderlo felice.

Parla il signor Rourke e la sua voce ha un tono d'autorità. «Sono adulti.» La signora Rourke si alza e si siede dall'altra parte di mia madre. «Capisco la tua preoccupazione, Donna. È troppo presto.»

Mia madre annuisce. «È un cattivo inizio ed è destinato a fallire. Non ne può venire niente di buono e la mia Ariana vuole un bambino. È il motivo per cui ha divorziato. Quell'idiota del suo ex non vuole figli. Le ha rubato la gioventù, ti dico! Adesso ha trentun anni, con gli ovuli polverosi ed è così disperata che sta guardando raccoglitori di uomini anonimi! Pensi che voglia i geni di un pazzoide nella mia famiglia?»

La signora Rourke sbatte un paio di volte gli occhi e poi mi guarda.

Alzo le mani, arrendendomi. «Stavo prendendo in considerazione una banca del seme.» E avevo già scelto il donatore perfetto.

«E adesso stai prendendo in considerazione Dylan?»

chiede la signora Rourke, concentrandosi su una verità che non sono ancora pronta a condividere.

«Ho sospeso la banca del seme per vedere come vanno le cose con Dylan» dico, ed è la verità.

La signora Rourke torna a rivolgersi a mia madre. «Sono ancora un po' sotto shock. Dylan non ha mai preso un impegno simile.»

«Che impegno?» ribatte mia madre. «Sta ottenendo gratuitamente il latte con mia figlia che viene sacrificata come una comoda mucca!»

«Mamma, non sono una mucca!»

«Ariana, questa faccenda è tra me e la signora Rourke.» Torna a rivolgersi alla sua nuova alleata. «Voglio dei nipoti e sono sicura che li vuoi anche tu.»

Gli occhi della signora Rourke si addolciscono. «Sì.» Abbassa la voce e si china verso di me. «Gli uomini della famiglia Rourke sono virili. Io sono rimasta incinta bim-bum-bam, sei maschi.»

Il signor Rourke si alza ed esce dalla stanza, scuotendo la testa. Le madri non notano nemmeno la sua assenza e continuano a parlare in toni sommessi di età e fertilità e perché i giovani aspettano tanto di questi giorni?

Mi schiarisco la voce. «Bella chiacchierata. Mamma, dovremmo andare.»

Lei mi ignora, dicendo alla signora Rourke: «Potremmo dover fare dei passi per ottenere il nostro scopo comune».

La signora Rourke dà una stretta al braccio di mia madre. «Non potrei essere più d'accordo.»

Le fisso, sedute vicine, unite nella causa dei nipotini. La guerra è finita? E tutto ciò che serviva era un obiettivo comune? Impressionante.

La signora Rourke si china davanti a mia madre per rivolgersi a me: «Ariana, ci piacerebbe avere a cena te e Dylan».

«Oh, graz...»

«Li voglio a cena a casa mia» dice mia madre.

La signora Rourke annuisce. «Tu sabato sera e io domenica.»

Mia madre si irrigidisce. «La domenica è la sera migliore per una cena di famiglia. Lo sanno tutti.»

«Che ne dici se andassimo tutti fuori a cena domenica?» suggerisce la signora Rourke.

Mia madre non è d'accordo. «Troppo difficile ottenere un tavolo per così tanta gente.»

«Solo noi sei.»

«Non credi che dovremmo invitare l'intera famiglia?» chiede mia madre. Poi abbassa la voce, ma riesco comunque a cogliere le parole "intervento" e "mediazione".

A questo punto intervengo. «Perché non venite tutti a cena domenica sera a casa di Dylan?»

La signora Rourke mi rivolge un sorriso d'incoraggiamento. «Intendi dire casa vostra, giusto?»

Bel tentativo. Mi incollo un sorriso sul volto.

Mia madre si rilassa e si rivolge a me. «Non è una cattiva idea. Che cosa dovrei portare? Potrei fare l'insalata di tre peperoni.»

La signora Rourke s'intromette. «A Dylan piace veramente l'insalata greca che preparo io.»

«Greca!» esclama mia madre. «Bah! Che ne sai tu, una ragazza cattolica irlandese del cibo greco? No, farò...»

«Cucinerò io tutto!» sbraito.

Mia madre rompe il silenzio. «Hai imparato a cucinare in California e hai trascurato di aiutare tua madre a New York?»

«Sapevo che la tua cucina sarebbe stata migliore, quindi mi sono limitata a godermela» dico.

Mia madre sorride soddisfatta, lisciandosi i capelli.

Mi alzo. «Okay, allora è tutto a posto.»

Si alza anche mia madre, e quasi mi affloscio per il sollievo. Questo incontro orrendamente imbarazzante è finalmente finito.

«Porterò il dessert» dice mia madre.

«Ci penso io» insisto. «Tu porta solo il tuo sorriso.»

«Che ragazza dolce» dice la signora Rourke sorridendomi.

«Lo so» risponde mia madre. «Da quel punto di vista ha preso da suo padre.» E aggiunge annuendo. «Tara, grazie per averci accolto in casa tua. Ci vedremo domani sera per parlare del nostro obiettivo comune.»

Oh, non intendevo questa domenica. Al diavolo. Vediamo di farla finita in fretta.

La signora Rourke sorride calorosamente. «Non vedo l'ora.»

Mia madre si avvia verso la porta. Io saluto in fretta e la seguo. Immagino che avrebbe potuto andare peggio. Avrebbe potuto mettersi a litigare con la signora Rourke invece di unire le forze. O avrebbero potuto chiamare un prete. Dopotutto frequentano la stessa chiesa.

Proprio quando penso di averla scampata, mia madre volta la testa e butta lì, rivolta alla signora Rourke: «Ariana vedrà la luce. L'ho educata nel modo giusto».

Mi sento rabbrividire. È quasi come se avesse detto *non hai allevato tuo figlio nel modo giusto*.

«È lo stesso con Dylan» risponde dolcemente la signora Rourke. «Non è stata un'idea sua. Prima d'ora non ha mai vissuto con una donna.»

Mia madre si irrigidisce.

«Andiamo mamma» la invito a bassa voce.

Lei mi ignora e si volta di scatto. «Tuo figlio ha preso la verginità di mia figlia. A casa mia! Non dirmi che non è stata una sua idea. Ha avuto un assaggio del latte e ora vuole il resto gratuitamente. Non finché ci sarò io.»

La signora Rourke spalanca gli occhi. «Cosa? Quando è successo?»

«Vedi,» dice compiaciuta mia madre, «è così che sono i figli maschi, ti tengono all'oscuro di tutto. Le figlie invece dicono tutto alle loro madri. Fai una chiacchierata con tuo figlio, Tara. Capirai cos'è successo.»

Esce in fretta dalla porta felice di avere avuto l'ultima parola.

Non oso voltarmi per guardare la signora Rourke. Non c'è niente che riesca a riportarmi alla mia imbarazzante giovinezza come mia madre.

«Arrivederci, Ariana» mi saluta la signora Rourke. «Spero

che le cose funzionino. Dylan è un brav'uomo, anche se a volte può sembrare un po' burbero.»

Mi volto. «Lo so. Grazie.»

Poi lei mi sorprende, correndo verso di me e abbracciandomi. Mi sussurra all'orecchio: «Non credo che sia peccaminoso. Penso che sia un passo nella direzione giusta. Ho sempre desiderato che si sistemasse con una brava ragazza. Non dire a tua madre che te l'ho detto».

Rido e lei sorride con gli occhi che brillano divertiti. Ora devo solo dire a Dylan di prepararsi per l'invasione.

10

____

Dylan

Vado incontro ad Ariana sul marciapiede di fronte a casa, aspettandomi un'auto piena della sua roba da portar dentro. Invece, lei scende dall'auto, apre il bagagliaio e ne toglie un piccolo trolley. Quello che si porterebbe per un fine settimana.

«È tutto?» le chiedo. «Sei riuscita a stipare tutto quello che ti serve per due mesi in quel trolley?»

«Posso fare il bucato.»

Strano, secondo la mia esperienza le donne portano un sacco di roba perfino per un week end. Una delle mie ex metteva in valigia parecchi completi e paia di scarpe in modo da poter scegliere, quando era fuori casa. Poi mi viene in mente che forse Ariana ha lasciato la sua roba in California insieme alla sua vecchia vita. Comunque, non ne parlerò perché so che il suo divorzio è un argomento spinoso. Egoisticamente parlando ne sono felice. Pensavo che non avrei mai più avuto una possibilità con lei.

Prendo la sua valigia, passo la mia chiave di sicurezza e le apro la porta. «Ti farò fare una chiave lunedì quando riapre l'ufficio.»

Ariana annuisce con un'espressione tesa. Ci sta ripensando?

Aspetto finché ci siamo soltanto noi due sull'ascensore, dopo aver lasciato uscire un paio di persone al sesto piano, prima di chiederle: «Come hanno preso i tuoi genitori la notizia che ti saresti trasferita?».

Lei fa una smorfia e dice impassibile: «Non avrebbero potuto essere più contenti».

«È perché non mi hanno perdonato la nostra, chiamiamola così, passata indiscrezione?»

Ariana si preme una mano sulla fronte. «Mia madre dice che viviamo nel peccato.»

«Vecchia scuola, vero?»

Ariana lascia cadere le braccia. «Sì.»

«Qual è il problema? Sa già che l'abbiamo fatto grazie alla tua confessione quando avevi 18 anni. Perché adesso è diverso?»

«Non pretendo di capire come funziona la sua mente. Tutto quello che so è che è sicura che stiamo facendo la cosa sbagliata vivendo insieme e che è andata di corsa alla porta accanto per dirlo a tua madre.»

Sono sbalordito. «Ha veramente parlato con mia madre?»

«Sì! I nostri misfatti le hanno finalmente riunite per una causa comune.»

Si aprono le porte dell'ascensore e le indico di precedermi. La seguo alla mia porta. «Ed esattamente qual è questa causa comune? Non farci vivere insieme? E cosa possono fare in realtà?»

Ariana mi ficca un dito nel petto. «Se sottovaluti mia madre lo fai a tuo rischio e pericolo.»

La faccio entrare e poso la valigia nella mia stanza. Lei non mi segue quindi torno indietro la trovo in cucina, da dove siamo entrati, che si torce le mani. Ha l'espressione tesa e il corpo rigido.

Le prendo le mani, separandole, e le stringo tra le mie. «Rilassati. Siamo adulti. Possiamo fare quello che vogliamo.»

Ariana mi guarda con un'espressione lugubre. «Entrambe le nostre famiglie saranno qui domenica sera a cena. E intendo dire *domani* sera.»

Mi blocco. «Perché?»

«Perché pensano che vivendo assieme così presto siamo destinati a fallire e che se vogliono dei nipoti devono sistemare le cose.»

«L'ha detto mia madre?»

«In effetti, tua madre mi ha confidato mentre uscivamo che pensava che vivere assieme fosse un passo nella giusta direzione. È stato carino da parte sua. Ha anche detto che sono dolce.»

Le metto le braccia intorno alla vita con un sorriso. «Chiaramente non ti conosce molto bene.»

Ariana fa il broncio. «Io sono dolce.»

Abbassa la testa e la bacio finché si lascia andare contro di me con le dita che mi stringono la camicia. Le succhio il labbro inferiore. La sua pienezza mi tenta sempre. «Hai un sapore dolce ma in fondo in fondo sei una donna sanguinaria e pericolosa.»

«Pericolosa» mi fa eco lei.

«Sì, tutta morsi senza nemmeno un ringhio di preavviso.»

I suoi occhi castani lampeggiano e si tira indietro. «Prima mia madre mi definisce una mucca e adesso tu mi paragoni a un cane?»

«Oh, dai, paragonarti a una mucca è molto peggio. Perché saresti simile a una mucca?»

Lei gesticola furiosamente. «Perché non si compra una mucca quando si può avere il latte gratis!» Alla mia espressione confusa continua. «Riguarda il sesso. Perché dovresti sposarmi, se puoi avermi a casa tua e avere tutto il sesso che vuoi?»

Mi sfugge una risata. «Il sesso?»

«Sì! È così che la pensa lei. Oddio adesso sembro mia madre. Giuro che come madre sarò fichissima. Lei mi augura di avere una figlia come me e lo spero anch'io.»

«Ti ha veramente sconvolto.»

Ariana ricomincia ad agitare le braccia. «Sembra che abbia quell'effetto!»

Le prendo la mano e la tiro vicina. «Non credo che tu sia una mucca o un cane. Sei una leonessa fiera e forte.»

«Oh.» Si rilassa e mi guarda. «Mi piace.»

Avvolgo i suoi capelli intorno al pugno e tiro leggermente mettendole in mostra la gola. Mi fermo per un attimo per vedere la pulsazione che accelera, prima di baciarle il lato del collo. Allento la presa per sussurrarle all'orecchio: «Mi piace avere una leonessa nel mio letto».

La sua voce trema un po'. «Dylan.»

Le tengo la guancia accarezzandola col pollice «Sì?»

Lei si lecca le labbra con gli occhi che bruciano e la pelle arrossata. «Dovremmo controllare se siamo compatibili per vivere insieme una vita di coppia, non solo a letto.»

«Che ne dici della cucina?»

La sollevo sull'isola della cucina, le allargo le gambe, mi avvicino e infilo la mano tra i suoi capelli. Le sue labbra si aprono e quella pulsazione rivelatrice sul collo è più veloce. È mia.

La bacio rudemente e lei geme dal profondo della gola. Non riesco ad averne abbastanza e mi rendo conto che mi ha catturato. Tutto quello che posso fare è continuare il viaggio per tutto il tempo che durerà.

~

Ariana

Dylan dice che dovremmo rendere le cose più facili per noi e ordinare semplicemente cibo da asporto per la nostra cena di domenica/folle intervento/mediazione di famiglia. Ma sono io quella che ha invitato tutti, quindi mi sembra di dover fare uno sforzo. Il problema è che so solo fare una buona salsa per i ravioli. È domenica mattina e siamo appena tornati dal supermercato qui vicino. Appoggio la borsa in soggiorno mentre Dylan porta da solo in cucina le provviste, appoggiandole sul ripiano. È bello avere tutti quei muscoli a disposizione. C'è una parte di me, nascosta sotto la mia naturale indipendenza, che si sente veramente attratta dal modo in cui Dylan prende il controllo e porta a termine le cose. È un leader naturale. Devono esserci in gioco istinti primordiali perché mi piace molto più di quanto avrei mai pensato.

«Quindi, pensi veramente che tre sacchetti di ravioli surgelati siano meglio del cibo d'asporto?» mi chiede.

«È quello che so fare.» Comincio a svuotare le borse, ritirando per primi i cibi surgelati.

Dylan scuote la testa sorridendo. «Quando hai detto che sapevi fare i ravioli pensavo che intendessi dire quelli fatti in casa.»

«Io li cucino. Sono surgelati, li metto nell'acqua bollente da 12 a 15 minuti e dopo sono cotti.» Chiudo la porta del freezer e comincio con le altre provviste.

«Ok, ora non offenderti ma...» dice prendendo il telefono, «... io ordino due metri di sandwich e delle insalate di contorno. Non puoi dare da mangiare solo ravioli surgelati ai miei fratelli.»

Già, le nostre madri hanno invitato tutti, perfino l'intera famiglia di mia sorella che vive nel New Jersey e che non è potuta venire perché la maggiore delle mie nipoti aveva una partita del campionato di basket. Sorprendentemente, tutti i fratelli di Dylan hanno promesso di venire. Penso che vogliano godersi il suo imbarazzo. Sean ha visto mia madre in azione quando faceva da chaperon durante le gite scolastiche e sa che cosa aspettarsi.

Mi metto una mano sul fianco. «I tuoi fratelli arricceranno il naso davanti ai ravioli confezionati?»

«No, li divoreranno e avranno ancora fame.» Parla al telefono, piazzando l'ordine da consegnare più tardi e poi riappende. «Non mi è ancora chiaro perché sono stati invitati. Non bastavano i nostri genitori?»

Avendo finito di sistemare le provviste in frigorifero mi siedo su uno sgabello e lo osservo mentre ritira il resto nella piccola dispensa. «Ah, non lo sapevi? Mia madre lo vede come una specie di intervento/mediazione. E per quello ci vuole tutta la famiglia.»

Dylan mi fa l'occhiolino. «Non preoccuparti, penserò io a lei.»

«Ah! È quello che pensi tu, ma non funzionerà mai. Ti farà mangiare la polvere.»

«Sono un mago nell'occuparmi delle donne di tutte le età.»

Apro la bocca e poi la chiudo di nuovo. Il suo modo di occuparsi di me mi lascia senza fiato. Non riesco a non ripensare al giorno prima, proprio qui sull'isola della cucina, quando ho perso la testa e tutte le inibizioni che avevo mai avuto. *Oddio*. Che cosa mi fa?

Dylan mi appoggia la mano sulla nuca e mi bacia. «Non riesci a negarlo, vero?»

«Non puoi occuparti di mia madre nel modo in cui ti occupi di me.»

«Userò le mie maniere più raffinate. È tutto quello di cui ho bisogno perché mi mangi in palmo di mano, diversamente da te ragazzaccia.»

Sono troppo agitata nell'attesa di stasera persino per sorridere alla sua presa in giro. Invece appoggio i gomiti sull'isola e mi prendo la testa tra le mani. Dylan mi massaggia la schiena. «Non riesco a credere di doverci giustificare davanti alle nostre famiglie al completo. Voglio dire, sì, siamo andati in fretta ma non possono semplicemente lasciarci vedere quello che succederà?» Non posso esattamente difendere la relazione, a parte dire che Dylan mi ha promesso che sta pensando a metter su famiglia e io voglio dargli una possibilità perché mi piace. Tanto. Come padre sarebbe fantastico, ha degli ottimi geni – addirittura regali! – ed è buono con me e non soltanto a letto. Beh, finora più che altro ci siamo messi nudi, ma anche in quei momenti si prende cura di me come se fossi speciale.

Mi raddrizzo di colpo, allarmata. *Mi sto già innamorando di lui?*

Prima che possa spaventarmi, Dylan mi volta verso di sé e mi bacia.

Mi tiro indietro. «Sto avendo una piccola crisi. Puoi darmi un secondo?»

«Certo.»

Mi osserva con attenzione e io mi sento stupida a restare lì seduta persa nei miei pensieri, nel panico. Mi alzo. «Facciamo qualcosa di divertente oggi, prima del loro arrivo.»

«Esattamente ciò cui stavo pensando io.»

«Prendo la borsa.»

Mi dirigo verso il soggiorno e squittisco sorpresa quando Dylan mi afferra per la vita e mi butta sopra la spalla, facendomi mancare il respiro. Mi accarezza il sedere e sento un'ondata di calore. Poi mi lascio andare, perché so che mi capisce e che in questo momento non c'è niente che debba fare o pensare.

«Guardati,» dice lui compiaciuto, «ti stai già rilassando.»

«È vero.» Non mi dispiace ammetterlo perché mi piace quando mi porta in giro in questo modo. E mi piace anche quando mi afferra di sorpresa e quando mi tocca in modo affettuoso, perché mi distoglie dai miei pensieri, a volte veramente stressanti.

Dylan mi porta in camera e mi deposita dolcemente al centro del suo enorme letto.

Gli apro le braccia. Lui si toglie le scarpe con un calcio e mi raggiunge, prendendomi per le spalle. Squittisco quando mi volta sullo stomaco sorprendendomi di nuovo. Mi passa le mani lungo la schiena dando una strizzatina al mio sedere con entrambe le mani prima di allargarmi le gambe e passarci in mezzo una mano calda. Chiudo gli occhi. La fitta di piacere mi rende muta.

Dylan si sposta per sollevarmi i capelli e baciarmi dolcemente la nuca. Sospiro e affondo nel materasso. Le sue mani grandi procedono a massaggiarmi dal collo fino alle dita dei piedi. Gli sono così grata che quasi strillo *oddio voglio i tuoi bambini!* Ma assomiglia troppo al nostro potenziale futuro quindi mi limito a gemere contro il cuscino per la pura beatitudine.

Quando finisce il massaggio sono così rilassata da sentirmi quasi ubriaca. Dylan mi volta sulla schiena e mi fa sedere. Sto sorridendo come una sciocca. Mi toglie i vestiti senza che io lo aiuti e poi comincia a baciarmi, a toccarmi dal collo fino alle dita dei piedi. Non sento nemmeno il solletico sotto le piante dei piedi. Dovunque mi tocca la mia pelle va a fuoco.

Si spinge verso l'alto e mi tiene il volto con una mano. «Sai che cosa mi piace di te?»

«Cosa?»

«La tua completa resa. Ti lasci andare e lasci fare.»

«Solo con te» dico sommessamente.

«Perché?» Struscia il volto contro il mio collo e io sposto la testa per fargli spazio.

«Perché... non lo so.»

Lui alza la testa. «Dimmelo.»

«Sei forte quindi non devo preoccuparmi che mi lasci cadere e mi sento al sicuro con te, quindi non mi preoccupo per quello che hai intenzione di fare.» Dylan grugnisce approvando la mia dichiarazione. Mi ha già detto parecchie volte che sono al sicuro con lui, quindi so che per lui è importante.

Provo un'ondata di affetto per lui perché è riuscito a fare l'impossibile: rendere di nuovo possibile per me l'intimità. «So che qualunque cosa farai mi piacerà.»

Dylan mi accarezza la guancia. «Sei dolce. Come ho fatto a non rendermene conto?»

«Ti avevo detto che ero dolce. Adesso spogliati.»

I suoi occhi si incendiano. «Voglio che mi aspetti carponi. Ti farò dimenticare tutto tranne il mio nome.»

Ho il fiato corto, il sangue che corre veloce nelle vene. «È quello che voglio.»

Lui sorride, lento e sexy. «Oh, lo so.» Si alza e comincia a spogliarsi di fianco al letto. Lo guardo e lui fa un cenno con la testa.

Mi metto nella posizione che ha chiesto.

«Bella» dice con la voce arrochita. «Allarga di più le gambe. Voglio vedere come sei pronta per me.»

Sento il fruscio del preservativo mentre faccio quello che mi ha chiesto. Lui borbotta un'imprecazione e poi di colpo è qui, mi copre. Io alzo i fianchi in un invito silenzioso e vengo premiata in fretta con una forte spinta. Mi bacia la spalla prima di spingere di nuovo. Spingo indietro anch'io, cercando più contatto. Oblio. Voglio lo scuro oblio del piacere che mi dà lui.

Dylan ha la voce spezzata. «Ti piace quando ti scopo forte, vero, ragazzaccia?» Spinge forte un'altra volta e io balbetto un sì.

«Sai che cosa piace a me?» mi sussurra all'orecchio, facendo scivolare la mano verso il centro del piacere.

«Me?»

«Sì, tu, Ariana, che tremi sotto di me e perdi il controllo. Vuoi che ti porti a perdere completamente la testa, fino a implorarmi?» Dylan fa un lento movimento rotatorio con i fianchi, mandando un'ondata di piacere diritto alla mia spina dorsale poi mi picchietta forte con le dita facendomi sobbalzare.

«Sì...» sussurro, «prendimi.»

Dylan stringe la mia nuca mentre si spinge e si ritrae lentamente. Abbasso la testa sul cuscino col respiro che diventa affannoso.

Lui prende e prende e io do tutta me stessa in pieno abbandono, tremando sotto di lui mentre spinge a fondo e forte, accarezzandomi con le dita esperte e portandomi sempre più vicina all'esplosione. La stanza svanisce lentamente intorno a me, il piacere è così forte che sto ansimando, fradicia di sudore. Dylan si avvolge i miei capelli intorno al pugno, tirandomi indietro in modo che la mia schiena gli tocchi il petto mentre continua a spingere. Allungo le braccia e afferro la testiera del letto per far leva. Lui affonda i denti nella mia spalla. Più forte, più veloce mi porta ad altezze vertiginose. Grido quando l'orgasmo esplode nel mio corpo. Dylan impreca mentre continua a spingere rudemente; le sue dita si chiudono sui miei capezzoli pizzicandoli forte, regalandomi un'altra fitta intensissima di piacere. Poi si ferma, il suo tocco si addolcisce, le mani scivolano sul seno, lungo lo stomaco per arrivare ad appoggiarsi fermamente tra le gambe. Ansimo, ancora troppo sensibile.

«Shh» mi sussurra all'orecchio. «Ti sto riportando lentamente sulla terra.»

Gemo mentre mi accarezza dolcemente e ogni leggero tocco provoca una fitta di piacere al calore bianco.

«Ancora una volta» ringhia e poi continua prima che riesca a dire una parola.

Precipito ancora una volta, annegando nelle sensazioni e poi esplodo di nuovo. «Oddio!» Sgroppo violentemente contro di lui, ma mi tiene stretta mentre un'ondata di piacere invade il mio corpo. Sensazioni elettriche mi percorrono la pelle lasciandomi ansimante e piena di fremiti. Dylan continua velocemente a spingersi verso il proprio orgasmo e alla fine si lascia andare con un gemito profondo.

«Baby.» Mi toglie i capelli sudati dal volto e mi volta per baciarmi. «Bella.» Finalmente mi lascia andare e crollo sul materasso.

Si muove per la stanza e poi torna. «Vieni a fare una doccia con me. Odoriamo di sesso.»

«Non riesco a muovermi.»

«L'acqua ti sveglierà.»

«Acqua» gracchio.

Lui capisce torna con un bicchiere d'acqua per me. Mi siedo e bevo finché lo svuoto. «Grazie.» Appoggio il bicchiere sul comodino. «Probabilmente dovremmo parlare.»

Dylan mi accarezza la spalla. «Di che cosa?»

«Non lo so. Il mio cervello sembra fritto, ma non è per quello che vogliamo vivere insieme? Relazione, comunicazione, fiducia.»

«Tu ti fidi di me a letto.»

«Immagino di sì.»

Dylan mi afferra per le caviglie e mi stende piatta sulla schiena. Non riesco nemmeno a squittire. «Allarga le gambe.»

Lo faccio anche se sono un po' troppo sensibile.

Lui mi bacia dolcemente sul sesso che sta ancora pulsando. «La tua fiducia merita di essere premiata.»

«Dylan, per favore» dico gemendo. Non so se gli sto chiedendo di fermarsi o di continuare. Corpo e mente non riescono a mettersi d'accordo.

Lui sorride si solleva sopra di me. «Mi sta cominciando a piacere farti pregare.»

Gli passo le dita tra i capelli e mi sento nuovamente ubriaca, le gambe molli, Il corpo che ronza. È euforia pura e non voglio che finisca. «Mi piace il modo in cui mi fai sentire, ma dovremmo cercare di conoscerci meglio. A che cosa stai pensando?»

Lui si sposta per parlarmi all'orecchio e le parole scorrono bollenti sulla mia pelle. «Sto pensando a quanto ci vorrà prima di poterti scopare di nuovo.»

Rabbrividisco. «Sei sincero.»

«Vedi come siamo bravi a comunicare? Dai vieni, facciamo una doccia» dice scendendo dal letto.

Mi torna la ragione nel momento in cui smette di toccarmi. Mi copro. Non mi lamento ma siamo qui per un motivo e non è solo per fare sesso, sesso, sesso. «Ho bisogno di un momento per pensare. Farò una doccia dopo di te.»

Dylan si siede sulla sponda del letto. «Pensare a che cosa?»

«A quello che stiamo facendo qui.»

«Stiamo scoprendo com'è vivere insieme.»

Scuoto la testa. «Stiamo scoprendo quante volte possiamo scopare in un fine settimana.»

«Mi piace sentirti dire scopare.» Mi accarezza il labbro inferiore con il pollice e preme al centro. «Sono sicuro che prima o poi rallenteremo, ma perché non godercela adesso? Devi andare da qualche parte?»

Mi metto seduta. «Ho bisogno di sapere che mi vedi come una persona e non solo come un corpo.» Lui dà un'occhiata al mio seno quando la coperta scivola via. La tiro di nuovo fino alle spalle e la tengo lì.

Lui sogghigna. «Ma una persona è un corpo.»

«C'è di più, sai, dentro.»

I suoi occhi scintillano. «Lo so.»

Lascio cadere le coperte e gli giro attorno, andando in bagno. «Con te non si può nemmeno parlare.»

«Stiamo parlando in questo momento, no?»

Alzo le braccia in segno di resa. Sento i suoi passi dietro di me. Il cuore batte forte mentre mi preparo all'impatto.

11

Dylan

La raggiungo mentre sta andando nel bagno annesso alla camera con il seno pieno che sobbalza. Mi piace il suo spirito. Sono naturalmente aggressivo a letto e questo spaventa alcune donne, oppure le innervosisce. Lei non fa una piega. Tutto quello che la preoccupa è il fatto che voglia scoparla più che parlare con lei. Non capisce quanto ho bisogno di lei? È un desiderio intenso che non se ne vuole andare.

La seguo in bagno, ammirando il suo sedere mentre regola la temperatura dell'acqua. Mi butto nella conversazione solo per farle piacere mentre aspettiamo di cominciare il lavoro serio di pulirci e sporcarci di nuovo allo stesso tempo. «Qual è la tua posizione sulla faccenda del WC? Manteniamo il mistero e chiudiamo la porta, oppure entriamo comunque anche se c'è già l'altra persona?»

Lei inarca le sopracciglia voltando la testa per guardarmi. «Preferirei un po' di mistero.»

«Ah. Le funzioni corporali dietro le porte chiuse. Buono a sapersi.»

Ariana scuote la testa. «Non riesco a credere che ne stiamo parlando.

«Stiamo imparando a conoscere le preferenze reciproche»

dico, in modo che sappia che sto cercando di fare quello che ha chiesto, cioè imparare a conoscerci.

Ariana entra nella doccia e io la seguo. «Dylan!»

Mi sposto in modo che le arrivi la maggior parte dello spruzzo di acqua calda. «Che cosa potrebbe esserci di più importante per vivere assieme di parlare francamente dei limiti da non superare?»

«Limiti? Sei nella doccia con me.»

«Già. Abbiamo entrambi bisogno di toglierci di dosso l'odore del sesso prima che arrivi l'orda.»

«Non potevi aspettare che finissi io?»

La volto in modo che abbia la schiena contro il mio petto e le metto le mani sul seno pizzicando i capezzoli. Lei geme forte. «Che gusto ci sarebbe?»

Stringo i denti sul tendine del suo collo e questa volta il suo gemito è dolce. Infilo le dita tra le sue gambe e la trovo bollente e bagnata. Da prima? Da adesso? Che importa?

Si sta sciogliendo contro di me, mi afferra le braccia per tenersi dritta e la testa le ricade indietro sulla mia spalla. Mi sposto premendo le sue mani contro la parete e sussurro all'orecchio: «Baby, credo che non abbiamo ancora finito». Le metto un braccio intorno alla vita per tenerla ferma e la strofino piano con l'altra mano. Le cedono le ginocchia, ma la sto tenendo stretta. «Sei con me?»

«Sì» risponde lei sommessamente.

La sua voce dolce mi eccita ancora di più. «Ti farò venire prima di prenderti di nuovo.»

Lei sospira piano.

Faccio quello che le ho promesso perché anche questo fa parte del fidarsi l'uno dell'altro.

Mi sta pregando di prenderla, prima ancora che glielo dica io. Le appoggio una mano tra le scapole e la faccio piegare in avanti penetrandola fino in fondo. Lei ansima e io divento più duro lottando per controllarmi. *Non ancora.*

La strofino entrando e uscendo lentamente fino a quando comincia a gemere, spingendosi indietro verso di me. E poi sento i suoi muscoli che si contraggono mentre tira indietro la testa e mi lascio andare mentre lei viene con un grido acuto.

Mi tiro fuori all'ultimo secondo. Niente preservativo. Me ne rendo conto appena in tempo. Non so quanto sia importante per lei ma lo è per me. Se avrò un bambino dovrà portare il mio nome e dovrà nascere in una famiglia stabile.

Mi lavo e lei si volta lentamente, appoggiandosi alla parete con il petto ansante. Ha la pelle rosata e gli occhi chiusi mentre riprende fiato. Sento un forte senso di possesso. La tiro vicino e le bacio i capelli.

Lei si appoggia a me. «Ho così sonno adesso. Sono così rilassata.»

«Bene.»

Prendo il sapone, la lavo, la sciacquo e poi mi lavo mentre lei guarda affascinata. Esco per primo dalla doccia, mi asciugo e mi avvolgo un asciugamano intorno ai fianchi. Poi prendo un asciugamano dall'armadio, la faccio uscire dalla doccia, l'asciugo e l'avvolgo stretta.

Lei sorride. «Mi sembra di essere in un bozzolo.»

«Vuoi fare un pisolino o vestirti?» Sono pronto a darle una tregua, se devo, anche se preferirei passare l'intera giornata a letto con lei. Potremmo sempre fare un'altra doccia.

«Un pisolino sembra favoloso» dice, quasi biascicando le parole.

Sorrido tra me e me. Ho fatto un buon lavoro. La prendo in braccio. «Una leonessa si riposa sempre prima del grande evento.»

«Intendi dire la cena?»

«Capirai.»

Ariana mi schiaffeggia leggermente un braccio. «Dylan, non puoi pensare continuamente al sesso. Hai veramente la mente a senso unico.»

«Solo quando ho te nel mio letto.»

Lei sospira. «Hai intenzione di tenermi nel tuo letto per i prossimi due mesi?»

«No. Ogni tanto cambieremo posto. Il ripiano della cucina, la parete, il divano del soggiorno. Da questo punto di vista sono molto flessibile.»

«Quando cominceremo a parlare di roba seria?»

«Certo, di qualunque cosa tu voglia parlare.»

La sistemo nel letto e lei si mette sul fianco, rannicchiandosi con un sospiro. La raggiungo e mi metto dietro di lei tirando su le coperte.

«Voglio fare un giro sulla tua moto.»

Le tiro indietro i capelli. «Okay.»

Lei volta la testa per guardarmi. «Perché mi chiamavi Airy Fairy?»

«Perché eri una ragazzina così femminile col tuo tutù rosa e piroettavi in giro leggera come una fatina. Voglio vederti ballare di nuovo. È stata una parte così importante della tua vita per così tanto tempo.»

Ariana volta di nuovo la testa e si accoccola contro di me. «Sono troppo arrugginita.»

«Puoi farlo anche se non sei più così brava.»

Si mette a ridere. «Immagino di sì.»

Resta in silenzio così a lungo che chiudo gli occhi. Sono quasi addormentato quando sento la sua domanda fatta a bassa voce. «Ci tieni a me?»

«Sì.» Aspetto un attimo. «E tu ci tieni a me?»

Silenzio.

«Ariana?» Mi chino sopra di lei e vedo che sta dormendo.

Immagino che fosse tutto quello che le serviva sapere. Nessun problema. So che ci tiene a me. Vuole che sia il padre del suo bambino ed è il complimento più grande che un uomo possa ricevere. Sembra che d'ora in poi le cose andranno lisce come l'olio.

Le cose non vanno lisce come l'olio. Probabilmente avrei dovuto aspettarmelo, con le nostre famiglie che invadono casa mia come uno stormo di locuste.

La signora Bianchi ha un sacchetto regalo in mano quando entra con il signor Bianchi. I miei genitori sono arrivati proprio qualche minuto fa.

«Salve» li saluta calorosamente Ariana. «Benvenuti. Non dovevate portarci niente.»

«Benvenuti» ripeto io.

La signora Bianchi mi osserva, dà un'occhiata veloce ad Ariana, raggiante dopo tutti gli orgasmi che le ho regalato e poi sorprende tutti ficcando il sacchetto regalo nelle mani di mia madre. «Per te, Tara.»

«Oh, grazie» dice mia madre sbalordita. «È una sorpresa.»

«Aprilo» la invita la signora Bianchi. «È qualcosa che volevi da molto tempo.» Dà un'occhiata al signor Bianchi che tossisce e guarda mio padre che sta fissando il sacchetto regalo.

Deve trattarsi del cucchiaio da portata mancante. La signora Bianchi vuole porre fine alla faida per il bene mio e di Ariana. Ma non credo che mia madre apprezzerà riaverlo dopo tanto tempo.

Mia madre toglie la carta ed estrae un cucchiaio da portata. Aggrotta la fronte. «Questo non è il mio.»

La signora Bianchi si impermalisce. «Certo che non è il tuo. Pensi che l'abbia rubato, l'abbia tenuto nascosto in un cassetto per decenni e poi te l'abbia restituito come fosse un regalo?»

«Non so che cosa pensare» dice seccamente mia madre lasciando cadere il cucchiaio nel sacchetto.

Ariana mi rivolge un'occhiata preoccupata. Io faccio spallucce. Almeno adesso stanno parlandosi apertamente invece di fare annunci ufficiali per strada una di fianco all'altra.

La signora Bianchi indica il regalo. «È un cucchiaio da portata con un motivo gaelico, come hai detto che era il tuo. Non posso dire di conoscere il disegno esatto dato che non ho mai visto quel cucchiaio in vita mia.»

«Mi hai fatto i complimenti per il disegno» dice mia madre a denti stretti.

«Chi vuole del vino?» esclama allegramente Ariana.

«Ottima idea!» dico io.

«Grazie per l'offerta di pace» dice mio padre alla signora Bianchi. «Era ora che aggiustassimo le cose.»

Ahi, è riuscito a infilare una battutina riguardo alla staccionata rotta che aveva permesso per anni al loro cane di fare i suoi bisogni nel nostro giardino.

Mia madre nasconde un sorriso.

Il signor Bianchi annuisce. «Siamo qui per Dylan e Ariana. Il resto è acqua passata.» Sembra che non abbia colto la battutina. O forse è semplicemente una persona cortese e l'ha ignorata.

Prendo l'offensivo sacchetto regalo. «Lo metterò con il tuo cappotto e la tua borsa, mamma.»

«Grazie Dylan» risponde gentilmente mia madre.

«Vado a prendere il vino!» esclama Ariana scappando in cucina. Io vado nella camera degli ospiti per infilare il sacchetto sotto il cappotto di mia madre.

Quando torno nel soggiorno i nostri genitori sono lì in piedi, imbarazzati, in silenzio. Ariana deve essere ancora in cucina a versare il vino.

«Sarà meglio che vada a dare una mano ad Ariana» dico dandomela a gambe.

«Si merita dei punti per aver tentato» mi dice Ariana sottovoce appena le arrivo accanto.

«Avrebbe dovuto lasciar morire la faccenda del cucchiaio di morte naturale.»

«Avrebbe dovuto farlo anche tua madre.»

Le blocco la mano sulla bottiglia di vino e mi chino per darle un bacio. «Non ho intenzione di continuare con la loro folle faida. Tu e io abbiamo cose molto più importanti su cui concentrarci.»

Lei sorride e lo sguardo si addolcisce. «Sì, è vero.»

Finisce di versare il vino e l'aiuto a portare i bicchieri ai nostri genitori. Quando tutti hanno un bicchiere di vino in mano ci fissano come se avessimo intenzione di fare qualcosa di folle proprio davanti ai loro occhi. Forse stanno controllando se ci sono segni di pazzia. Ariana ha detto che sua madre considerava questa serata un tentativo di mediazione. Abbiamo deciso di vivere insieme dopo un solo appuntamento. Non è una cosa così folle visto che ci conosciamo da una vita. Inoltre, siamo entrambi abbastanza adulti da sapere che cosa vogliamo. Io voglio lei e lei decisamente vuole me. Si capisce che comincio a piacerle. È a suo agio con me e sta lentamente abbassando la guardia.

«Ricordi di che cosa abbiamo parlato?» mi chiede il signor Bianchi con un'espressione severa.

Oh, diavolo. Il discorso da uomo a uomo. Ne abbiamo veramente bisogno?

«Sì, signore.»

Sia lui sia la signora Bianchi sorridono alle mie buone maniere e si scambiano un'occhiata soddisfatta. Ho la sensazione che pensino che la chiacchierata fatta abbia avuto un forte impatto su di me o roba del genere. Non posso dire che sia così, ma al contempo ho ovviamente tutte le intenzioni di trattare bene Ariana, quindi forse alla fin fine è la stessa cosa.

«Di cosa avete parlato?» mi chiede mia madre.

Suona il citofono e colgo al volo l'occasione di scappare un'altra volta. «Meglio che vada a sentire.»

Rispondo al citofono e un attimo dopo arrivano i miei fratelli Sean e Connor. Mi attardo in cucina con loro. Jack, Brendan e Garrett arrivano poco dopo. Ariana non è ancora venuta a cercarmi e so che dovrei tornare in soggiorno ma ho bisogno di una tregua dall'indagine parentale. Aspetterò finché non si saranno ammorbiditi un po' dopo il vino.

«Quand'è il matrimonio?» chiede Sean sogghignando.

«Un appuntamento e stanno già vivendo insieme» dice Brendan agitando le sopracciglia. «Sappiamo che cosa significa.»

«Chiudi il becco» dico, aprendo gli armadietti in cerca di qualcosa da mangiucchiare. C'è una scatola di cracker. A quando risale? Cerco la data di scadenza.

Il cibo che ho ordinato non è ancora arrivato e Ariana ha deciso di tralasciare i ravioli dato che pensava non sarebbero andati d'accordo con il sandwich. Le ho detto che i miei fratelli avrebbero allegramente mischiato ogni tipo di cibo. I loro stomaci sono pozzi senza fondo. Nessuno di loro ha un grammo di grasso, tra il duro lavoro e l'allenamento cui ciascuno si sottopone per mantenersi in forma. Da ragazzi praticavamo molto sport e serviva per bruciare l'energia in eccesso che hanno i ragazzi.

Getto i cracker nella spazzatura. Sono scaduti sei mesi fa.

Immagino sia passato un po' dall'ultima volta in cui ho ripulito gli armadietti.

«Chi vuole una birra?» chiedo.

Una serie di grugniti affermativi mi fa estrarre una confezione da sei e distribuire le birre. Ne prendo una per me e lascio il mio bicchiere di vino intatto sul ripiano. Probabilmente dovrei tornare presto dai nostri genitori ma la situazione è talmente imbarazzante...

«Non ha mai vissuto con nessuno finora» dice Connor studiandomi. «Forse è la volta buona.»

«Oppure lei è incinta» dice Brendan sottovoce.

Scuoto la testa. «Un uomo non può invitare a cena tutta la sua famiglia il giorno dopo in cui la sua amante si trasferisce da lui, senza che gli facciano il mazzo?»

«Sì» dice Garrett. «Forse è amore.» Si spanciano tutti dalle risate.

«Forse sono innamorato di lei» sbotto, e chiudono tutti il becco. «Sarebbe così terribile?» Non so in che altro modo spiegare l'intensità del nostro legame. Era così quando eravamo più giovani e da allora è solo cresciuta.

Stranamente, nessuno mi rompe le scatole per questa rara ammissione di sentimenti. Poi mi rendo conto che stanno guardando oltre la mia spalla. Mi volto lentamente e scopro che Ariana e la signora Bianchi sono proprio dietro di me.

I grandi occhi castani di Ariana sono fissi nei miei e il resto della gente nella stanza svanisce in sottofondo. Sento il sangue che scorre veloce nelle mie vene. Ho tutti i nervi in allerta. Questa sensazione di essere più che solamente vivo la provo solo quando la guardo negli occhi. Deve essere più di una reazione chimica. Mi si rizzano i peli sulla nuca.

Ariana si avvicina a me, mi mette le braccia intorno alla vita e mi stringe, appoggiando la guancia sul mio petto. L'abbraccio anch'io. Adoro come sembri adattarsi perfettamente a me.

«Sono così felice!» esclama la signora Bianchi. «È amore!»

Ariana fa un passo indietro e la signora Bianchi si precipita ad abbracciarmi. «Dylan, questa è la notizia migliore che ho sentito oggi!»

Sento il calore salirmi verso il collo. Comincia a sembrare una dichiarazione pubblica. Non dovrebbe essere una conversazione privata tra me e Ariana? Cioè, ho detto che *forse* sono innamorato di lei. Non ci vuole più tempo? Magari sono solo a metà strada.

La signora Bianchi si affretta a tornare nel soggiorno. «Tutti voi, venite qui! Dylan ha la notizia più bella!»

Mi chiedo se non sia il caso di scappare. I miei fratelli ridacchiano piano, godendosi chiaramente ogni minuto del mio imbarazzo.

Deve per forza essere un annuncio di famiglia il fatto che *forse* sono innamorato di lei? La signora Bianchi non ha notato che Ariana non mi ha risposto con le stesse parole?

«Mamma, per favore» dice Ariana, prendendomi la mano e stringendola. «Lo stai mettendo in imbarazzo. Parliamo di qualcos'altro.»

«Che cosa c'è di imbarazzante nell'amore?» dice la signora Bianchi, sinceramente confusa.

Non posso fare a meno di notare che Ariana non sembra minimamente imbarazzata. È perché non prova gli stessi sentimenti oppure perché è abituata al modo di comportarsi di sua madre?

«Che cos'è questa storia dell'amore?» dice mia madre con un radioso sorriso sul volto. Sono anni che mi ripete che vuole che trovi una persona speciale.

Ci raggiungono mio padre e il signor Bianchi. «Qual è la grande notizia?» chiede il signor Bianchi con un sorriso.

La signora Bianchi mi indica. «Dillo, Dylan. Di' loro ciò che hai detto ai tuoi fratelli. È così carino che condividano le cose tra di loro.»

Mi volto a guardare Ariana che è al mio fianco e non mi aiuta per niente. Lei mi rivolge un piccolo sorriso di scuse. Ovviamente non ha intenzione di intervenire a mio favore. *Grazie baby.*

Torno a guardare la signora Bianchi che mi rivolge un sorriso di incoraggiamento.

Ok, vediamo di troncare la cosa sul nascere. Devo trattare

la signora Bianchi nel modo giusto fin dall'inizio, educato ma fermo, altrimenti mi schiaccerà.

Mi schiarisco la voce. «Non è così importante.»

«Non è così importante» sbuffa la signora Bianchi. «Fa il modesto. Vedi, Tara, è proprio come hai detto tu.»

«Forse lo stai mettendo in difficoltà» dice mia madre a bassa voce.

«Un vero uomo dice quello che pensa» si intromette Sean imitando il tono di comando di nostro padre.

Resisto a fatica alla voglia di dargli un ceffone. Papà parlava sempre di ciò che rende un uomo un *vero* uomo. Quello era uno dei suoi molti detti. Il resto ha a che vedere col comportamento: onore e integrità, innanzitutto, insieme a un mucchio di irritante etichetta che riguardava tutto, dal mangiare al guidare un'auto. Era il modo in cui era stato educato lui e una cosa che riteneva importante trasmetterci. I miei fratelli e io pensavamo fosse un enorme spreco di tempo ed energia, ma qualcosa ci è comunque rimasto attaccato. Le buone maniere, quelle le ho ed è il motivo per cui sto ancora sopportando la tortura della mia quasi dichiarazione d'amore di fronte a troppa gente. Non mancherò di rispetto né alla signora Bianchi né ad Ariana. Ma non sono sicuro di riuscire a dire le parole una seconda volta.

Riesco a cogliere lo sguardo del signor Bianchi che alza le spalle. Nessun aiuto da quella parte. Alla fine, penso a qualcosa che posso dire senza che le parole mi strozzino. È quello che mi ha detto il signor Bianchi poco fa nel nostro discorso da uomo a uomo.

«Ariana è speciale» dico. «Non è qualcuno che tratterei con leggerezza.»

«Okay» dice Ariana. «Passiamo alla seconda parte della serata. Parliamo di lavoro.» Si rivolge ai miei fratelli. «Ragazzi, ci sono un mucchio di ricerche che dobbiamo fare per trovare future proprietà.»

Ma la signora Bianchi non ha finito. «Dylan, ti mette in imbarazzo essere finalmente innamorato dopo tutti questi anni? Tua madre dice che per te sarebbe la prima volta.»

Uccidetemi adesso. I miei fratelli stanno sogghignando come idioti. Qualcuno borbotta: «*Verginello*» sottovoce probabilmente Brendan. Questa non è la prima volta che mi innamoro. Non dico sempre tutto a mia madre. Okay, non è mai stato così intenso in passato ma...

La signora Bianchi insiste. «Tesoro non essere imbarazzato. È quello che desideriamo per voi. Ora che sappiamo che sei innamorato sarà più facile che la sposi. Ne avete già parlato?»

«Tra due mesi.» Le parole escono prima che possa riflettere. Era il nostro accordo.

Ariana mi dà un'occhiata implorante. Merda. Sono decisamente fuori dal mio elemento. Le restituisco un'occhiata che dice *sistema le cose!*

«Oh mio Dio» esclama la signora Bianchi. «Dobbiamo cominciare immediatamente a organizzare il matrimonio.»

Ariana alza una mano. «In realtà, stiamo procedendo un giorno per volta. Cerchiamo di non essere precipitosi.»

«Ma lui ha appena detto...» fa per dire la signora Bianchi.

Ariana dà una strizzata alla mia spalla. «Ha solo detto la prima cosa che gli è venuta in mente perché lo hai messo in difficoltà, ma io non sono pronta a buttarmi così presto in un matrimonio ed è il motivo per cui adesso stiamo vivendo insieme.»

Silenzio. Un silenzio molto teso.

La signora Bianchi si acciglia e si volta a guardare il signor Bianchi. I miei genitori sembrano a disagio. Uno dei miei fratelli tossicchia.

Finalmente suonano al citofono e io mi precipito a rispondere. È il tizio delle consegne. «Scendo immediatamente.» Vado alla porta mormorando: «È arrivata la cena.»

«Ti aiuto!» esclama Ariana scontrandosi con me mentre cerchiamo di uscire dalla porta allo stesso tempo. La lascio passare per prima e la seguo in fretta.

Arriviamo all'ascensore in un tempo da record. Premo il tasto parecchie volte. Ci guardiamo in faccia e scoppiamo a ridere.

«Mi dispiace!» dice Ariana quando riesce a riprendere

fiato. «Tu non sei abituato ad avere una madre senza freni inibitori. Giuro che le sue intenzioni sono buone.»

«Avrei dovuto capirlo quando mi ha chiamato gentiluomo in visita.»

«Era ancora peggio quando ero una bambina. Ero così timida e lei cercava di farmi passare la timidezza nei modi più imbarazzanti.»

Le porte dell'ascensore si aprono ed entriamo. Premo il tasto. Mi rilasso appena le porte si chiudono dietro di noi. La guardo e non riesco a fare a meno di toccarla mettendole una ciocca di capelli dietro l'orecchio. «Non sapevo che fossi così timida da bambina. Danzavi sempre davanti a tutti nel vicinato.»

«Ero in un altro mondo quando danzavo.» Mi passa le mani sul petto. «La mia timidezza è l'unico motivo per cui non ti prendevo a parolacce quando mi chiedevi dov'era il mio tutù. Mi limitavo alle occhiate assassine.»

Mi metto a ridere. «Meglio così. Probabilmente l'avrei trovato divertente venendo da una ragazzina così dolce e femminile come te. Adesso che sei cresciuta mi piace sentirti dire le parolacce. Mi fa piacere che abbia gli artigli.»

«Sei un po' contorto.»

Le metto una mano sulla guancia e la bacio. «Mi piace quello che mi piace.»

Le sue mani scivolano verso le mie spalle mentre sorride. Le piace toccarmi. «I tuoi fratelli devono averti preso parecchio in giro a causa mia.»

«Sì, beh, è quello che fanno. Farei la stessa cosa se uno di loro stesse ricevendo un "intervento/mediazione".»

Ariana si morde il labbro. «Eri serio quando l'hai detto o era solo per farli stare zitti?»

Le alzo il mento. «Tu cosa ne pensi?»

«Lo sto chiedendo a te.»

Si aprono le porte dell'ascensore ed entra una giovane coppia che parla di una gara di poesia a cui stanno andando.

Ariana si allontana e fissa dritto davanti a sé.

Mi chino per parlarle all'orecchio. «Forse dicevo sul serio.»

Lei sorride, un piccolo sorriso segreto che si trasforma in un sorriso radioso. «Anch'io.»

Poi mi travolge un'ondata di calore e di colpo vorrei prenderla tra le braccia, ma non è il momento giusto. Devo aspettare. Si aprono le porte e prendiamo il cibo dal tizio delle consegne, poi riportiamo il nostro carico in ascensore. Hanno tagliato a metà il mega-sandwich per facilitare il trasporto ma è sempre un mucchio di roba da portare. Premo il tasto con le nocche e torniamo all'ottavo piano, dove ci aspetta tutta la nostra famiglia.

Ariana mi dà un'occhiata di sottecchi. «Sarebbe molto brutto se premessimo il tasto della fermata di emergenza e facessimo un picnic tutto nostro proprio qui?»

«Terribile. Meglio ancora sarebbe premere il tasto della fermata di emergenza, dire al diavolo la cena e prenderti contro la parete.»

Ariana arrossisce. «Mi fai desiderare di comportarmi male.»

«Sarei lieto di aiutarti.» Appoggio le borse col cibo. «Ora baciami come se avessi veramente voglia di farlo.»

Ariana appoggia le sue borse, mi mette le braccia intorno al collo e mi bacia appassionatamente. Io la premo contro la parete, prendo il controllo del bacio, con il desiderio che schizza alle stelle.

Ariana interrompe il bacio. «Non riesco a credere che tu sia lo stesso uomo che volevo strozzare tanti anni fa.»

«Io non riesco a credere di essere stato tanto fortunato da farmi scegliere da te tanti anni fa. E mi hai scelto di nuovo per essere il padre del tuo bambino. Forse hai sempre saputo che ero l'uomo per te, in tutti i sensi»

«Forse» dice, ma gli occhi dicono di sì.

Sento il cuore che si gonfia in petto. Qualcosa di profondo passa tra di noi, mentre ci fissiamo.

Le porte dell'ascensore si aprono, lei afferra le borse soffiando fuori il fiato. «Preparati per il secondo round» dice voltando la testa mentre esce, «e non del tipo che piace a te.»

Rido, raccolgo le borse e la seguo. «Lo immaginavo.

Almeno le bocche dei miei fratelli saranno troppo piene per dire stronzate.»

«Gentile da parte tua non menzionare la bocca di mia madre» dice sottovoce.

«Provo il rispetto più assoluto per la donna che ti ha cresciuto.»

Lei lascia cadere le sue borse e si getta tra le mie braccia. Barcollo all'indietro e devo lasciar cadere le mie borse per poter riprendere l'equilibrio. Mi sta baciando e la porto verso la parete appoggiandomi e tirandola vicino. Lei mi desidera, forse mi ama anche, e io sono un uomo fortunato. Avvolgo i suoi capelli intorno a un pugno, appoggiando l'altra mano sul suo sedere mentre il fuoco divampa tra di noi.

Dal corridoio arriva una voce: «Ehi, qui abbiamo fame!».

Ariana si stacca, rossa in viso.

Sean viene da noi, afferra due borse e dice guardandoci storto: «Fatelo quando ce ne saremo andati».

Ariana si porta le dita sulle labbra guardandomi con gli occhi accesi. «Sono una drogata dipendente dai tuoi baci.»

Sean emette un gemito e torna in casa.

Io sorrido e prendo le altre borse. «Idem.»

Altri fratelli mettono fuori la testa per vedere che cosa sta trattenendo il cibo. Prendo Ariana per mano e raggiungiamo la nostra famiglia. Tra di noi si è creato un legame più profondo.

In questo momento tutto è perfetto. Mi dico di godermelo, ma la perfezione mi mette a disagio. Niente nella mia vita è rimasto perfetto molto a lungo.

12

Ariana

È passato un mese da quando mi sono trasferita a casa di Dylan. Le cose vanno talmente bene da far paura. Continuo ad aspettarmi che succeda qualcosa di brutto. In qualche modo tutte le parti del puzzle sono andate a posto. Dylan si alza presto per allenarsi nella palestra di sotto, poi fa la doccia e va a lavorare. Mi chiede molto poco. Sembra solo felice che sia qui. La verità? Io sono felice di essere qui. Non ho mai pensato che una relazione potesse essere così facile e sicuramente non pensavo di essere pronta ad averne una così presto. Il mio ex era molto minuzioso e anche la decisione più semplice richiedeva un continuo scambio di opinioni e un compromesso. Pensavo che i matrimoni fossero semplicemente così, difficili, ma che valessero comunque lo sforzo. Non che Dylan e io siamo sposati ma finora è stata pura beatitudine.

Passo le mie giornate dandomi da fare per aiutare la Rourke Management. Più che altro lavoro da casa con qualche occasionale puntata in ufficio per una riunione con lui e i suoi fratelli. Sto cercando potenziali proprietà per lanciare questa nuova branca dell'impresa e anche fonti di finanziamento. Mi sono persino messa in contatto con il mio ex suocero per fargli qualche domanda sull'analisi di mercato. Non è stata una cosa facile per me visto che i genitori del mio ex sapevano della gravidanza di Kiersten prima che ne fossi al corrente io. Credo provino compassione per me. Mi sono fatta forza e ho vinto il disagio per il bene comune. Appena otterremo un finanziamento dovremo assumere altro personale. So che Dylan non vuole prendere in prestito troppi soldi ma potrebbe dare slancio all'impresa. Lui continua a dire che si inventerà qualcosa e temo significhi che intende vendere la corona e lo scettro che sono la sua eredità. Non posso permettere che accada. Sono inestimabili cimeli di famiglia.

Sento lo stomaco che brontola. È quasi ora di cena ma lo aspetterò. Di solito arriva a casa poco dopo le cinque, si fa una doccia, poi ordiniamo qualcosa da mangiare oppure cuciniamo insieme. A volte la cena tarda molto perché siamo così affamati l'uno dell'altro. Quello è l'unico momento in cui Dylan diventa fantasticamente imperioso. Non so dove trovi l'energia, ma non mi lamento. Non c'è niente di meglio della completa concentrazione erotica di un uomo che chiede tutto e poi chiede ancora di più. Quando ha finito con me sono senza ossa e più soddisfatta di quanto sia mai stata in vita mia. E poi mi tiene abbracciata, mi accarezza i capelli, strofina il naso sul mio collo e ogni tocco mi dimostra la cura con cui mi tratta.

Sono innamorata di lui.

Non è quello che volevo. Non ero pronta per questa verità. Ma è così e sono stufa di fingere che stiamo solo provando a vedere come vanno le cose. Voglio un futuro con lui. Lui ha chiarito fin dall'inizio che era pronto per avere una famiglia, e ora non riesco a immaginare di averla con nessun altro.

Glielo dirò stasera. A cena. O magari dopo il sesso, quando lui è così tenero e il mondo è un posto bellissimo.

Appena mette piede in casa gli vado incontro in cucina e lo abbraccio. Lui mi dà un bacetto frettoloso prima di staccarsi. «Baby, lasciami prima fare una doccia. Sono coperto di vernice.»

«La farò con te.»

Lui mi pizzica il mento. «Sono troppo sporco per toccarti.»

«A me piace.»

Lui mi rivolge un sorriso che gli illumina tutto il viso, prima di sorprendermi abbassando la testa e mordicchiandomi il labbro. «Più tardi ti farò pregare. Ora farò la doccia da solo.»

Faccio il broncio. «Io non prego.»

I suoi occhi azzurri scintillano e aggiunge con la voce roca: «Lo farai».

Sorrido davanti alla sua sfrontatezza. «Non vedo l'ora. Ordino qualcosa da mangiare?»

«Certo, quello che vuoi.» E si dirige verso il bagno.

Visto? È così accomodante. Ordino cibo tailandese e vado nella stanza padronale ascoltando il rumore dell'acqua che scorre. Ha lasciato il telefono, il portafogli e le chiavi sul comodino. I vestiti sporchi sono nella cesta, coi jeans mezzo fuori. Sistemo i jeans e mi siedo sulla sponda del letto ad aspettare. Il suo telefono suona e mi chino per vedere chi è. Sua madre. Devo rispondere? No. Se avesse voluto parlare con me mi avrebbe chiamato. Però non credo che abbia il mio numero.

Premo il tasto per rispondere. «Salve sono Ariana. Dylan è sotto la doccia.»

La sua voce è bassa e tesa. «Ascolta attentamente, ho solo un minuto. Daniel e io siamo in volo per Villroy con la corona e lo scettro. A quanto pare mio marito ci stava pensando sin da quando Dylan ha parlato di venderli. L'ho appena scoperto. È deciso a ottenere ciò che spetta a Dylan. Fammi sapere se Dylan può prendere un volo per Villroy io cercherò di evitare una resa dei conti. Chiedigli di dire ai suoi fratelli dove siamo. Oh, e Daniel non vuole che Dylan sappia che ha preso la corona e lo scettro. *Bye*.»

«*Bye*» rispondo io ma la linea è già caduta.

Mi strofino la fronte. Strano. Che cosa intende fare a Villroy il signor Rourke con il set? Restituirlo? Chiedere un posto per suo figlio? Dylan potrebbe effettivamente essere un principe? Ma lo vorrebbe? Mi gira la testa pensando a tutti i possibili risvolti.

Dylan esce dal bagno qualche minuto dopo, con un asciugamano bianco intorno alla vita. Per un attimo, resto stordita dal suo fisico incredibile. Le sue spalle sono arrotondate per tutti quei muscoli e ha un tatuaggio tribale che circonda il bicipite sinistro che lo fa sembrare ancora più un duro. Il torace è ampio e scolpito di muscoli, dai pettorali agli addominali. Il mio sguardo segue la sottile linea di peli che porta al suo pene. Mi lecco le labbra.

Lui parla con la voce profonda e roca: «Mi piace quando mi guardi in questo modo, baby».

Alzo di colpo la testa. Mi sono fatta distrarre dalla sua bellezza.

«Vieni qua» ordina con un tono imperioso che mi fa schizzare in piedi. «Ti darò quello che ti serve.»

Riprendo il controllo e mi siedo di nuovo. «Ha chiamato tua madre. Ho risposto al tuo telefono dato che ero qui e mi ha informato che lei e tuo padre stanno volando a Villroy.»

Sbalordito, Dylan esclama: «Cosa? Perché? Per quanto tempo?».

«Sono in viaggio adesso. Non so per quanto tempo. Ha detto che tuo padre vuole che tu abbia quello che ti spetta e che devi precipitarti là. Che cercherà di evitare lo scontro.»

Dylan afferra il telefono schiaccia un paio di tasti ascoltando, poi prova un altro numero e alla fine scrive velocemente un messaggio. «Segreteria» borbotta prima di lasciarsi cadere pesantemente sul materasso accanto a me. «Perché non mi hanno avvisato prima?»

«Tua madre ha appena scoperto che stava partendo e ha deciso di andare con lui.»

Dylan scuote la testa. «Non è più stato a Villroy da quando lo hanno esiliato, più di trent'anni fa. Credi che lo abbiano invitato?»

«Non lo so. Forse è una buona cosa. Magari otterrà finalmente ciò che merita e lo darà a te.»

«Oppure diranno che ha già ottenuto ciò che si merita. Ha portato con sé la corona e lo scettro?»

Esito. Suo padre non voleva che sapesse che li aveva presi, ma sua madre vuole che Dylan li raggiunga, quindi questo significa...

«Sì» dice Dylan. «Si capisce dalla tua espressione. Merda. Che diavolo ha in mente? Avevo detto che non li avrei venduti a meno che lui fosse d'accordo e mi aveva informato che ci doveva pensare ancora un po'. Che cosa ha intenzione di fare, rivenderli alla sua famiglia?»

Faccio spallucce. «Ti ho detto tutto quello che so. Ah, devi anche dire ai tuoi fratelli dove sono andati i tuoi genitori.»

Dylan mi stringe il braccio. «Grazie. Maledizione. Non voglio che mio padre soffra ancora. Persino solo visitare Villroy gli farà tornare in mente ricordi dolorosi, e ho la sensazione che si prepari a uno scontro.»

«Quindi immagino che non volesse veramente venderli. E questo ci riporta al fatto che hai bisogno di un prestito.»

«Se mai riuscirò ad averlo.»

«Prenoterò il primo volo in partenza per noi due e poi cercheremo una soluzione per il finanziamento mentre mangiamo.»

Dylan mi tira sulle ginocchia. «Tu sei esattamente quello che cercavo. Una compagna per alleggerire il fardello.»

Il mio cuore si gonfia e mi rannicchio contro il suo petto nudo respirando il suo odore. «Ti amo.»

Dylan mi alza il mento e mi fissa negli occhi. «Dillo ancora.»

Sento la gola stretta e l'emozione mi travolge. «Ti amo.»

Dylan mi stringe forte a sé. «Ti amo anch'io. Sei l'amore della mia vita.»

Mi bruciano gli occhi. «Credo che mi metterò a piangere.»

Dylan mi appoggia la mano sulla guancia. «Puoi piangere se vuoi, ma preferirei farti gemere.» Reclama la mia bocca per un bacio appassionato e mi perdo nella sensazione delle sue mani che mi accarezzano dappertutto.

Proprio in quel momento suona il citofono. Interrompo il bacio. «È arrivata la cena.»

«Prendi i soldi dal mio portafogli e pagalo.»

Mi alzo e gli rivolgo un saluto militare. «Sissignore!»

Lui sorride. «Mi piace la faccenda del signore. Andrei io, ma non sono vestito.»

Gli accarezzo la guancia ruvida e lo bacio in fretta. «Resta così. Mi sto godendo lo spettacolo.»

Dylan

Mi ama. La cosa strana è che non sono rimasto sorpreso. Vedevo l'amore in quegli occhi, lo sentivo nella sua voce, nel modo in cui mi tocca. È stato un sollievo sentirglielo dire a voce alta perché significa che è pronta a impegnarsi con me corpo, cuore e anima. Il suo corpo è stato mio nel momento in cui l'ho toccata. Il cuore e l'anima si intravedevano timidamente. Finora.

L'unico volo che siamo riusciti a prenotare con un preavviso così breve parte domani sera, quindi naturalmente le ho tolto i vestiti alla prima occasione e l'ho portata a letto. Che posso dire, non riesco a farne a meno.

Do una piccola sculacciata al suo bel sedere quando scende dal letto. Lei squittisce facendomi ridere. Sono una continua sorpresa per lei. Ho la sensazione che il suo ex fosse molto più prevedibile e probabilmente non la prendesse in braccio e non la toccasse spesso come faccio io. Sono un tipo molto sensuale e lei ha un corpo che merita di essere apprezzato.

Ariana si volta e mi dà un'occhiataccia. Il mio sorriso diventa ancora più ampio. Ecco la piccola sputafuoco che mi guardava storto, solo che adesso è una donna adulta che mi soddisfa in ogni modo.

Mi punta un dito addosso. «Non ridere quando squittisco.»

Le afferro il dito. «Non riesco a farne a meno. Sembri un topolino.»

«Non sono abituata a un tipo così affettuoso.»

La tengo per il polso accarezzandola con il pollice. «Però ti piace.»

«Sì» ammette. «Ma non mi piace quando ridi.»

Reprimo un sorriso. «Cercherò veramente di non farlo. Come ti senti?» Sono stato un po' rude, spinto dai suoi gemiti.

Mi rivolge un sorriso con gli occhi che si illuminano poi si stacca e fa una *pirouette*. «Ecco come mi sento.»

Sento uno slancio d'orgoglio. Aspettavo che ricominciasse a ballare. «Brava!»

Lei danza ancora un po' con le mosse da ballerina, con il corpo aggraziato, le braccia alzate e la schiena arcuata. Fa un *jeté* prima di dirigersi in bagno quasi saltellando.

Intreccio le dita dietro la testa e resto sdraiato soddisfatto. Il fatto che abbia ripreso a ballare significa che è di nuovo completa, ha ritrovato la sua gioia. Le nostre figlie danzeranno, mi auguro, e magari anche i nostri figli. Perché no? Un vero uomo non chiede scusa quando fa ciò che è giusto per lui. Un'altra perla di saggezza di mio padre. Oh accidenti, papà è a Villroy e io avrei dovuto informare i miei fratelli. Potete biasimarmi per essermi lasciato distrarre quando ho una donna sexy nel mio letto che dice che mi ama?

Vorrei che mio padre me ne avesse parlato. Sta rischiando di essere ripudiato una seconda volta. Se sta cercando di fare uno scambio, soldi per la corona e lo scettro, probabilmente rifiuteranno. Non ci si presenta al Palazzo Reale per restituire un dono e chiedere l'equivalente in contanti. La sua naturale autorità potrebbe essere interpretata come una rivendicazione. La faccenda potrebbe inasprirsi e il loro rifiuto sarebbe come rivivere da capo l'esilio.

In questo momento non sta pensando in modo logico. Essere cresciuto come erede al trono significa che la mia perdita lo tocca più da vicino. L'unica cosa che voglio io è vedere la Rourke Management crescere e diventare un impero. Lui sta rischiando di essere cacciato a calci e poi si scatenerà l'inferno. Potrà aver accettato l'esilio la prima volta per il grande amore che provava per mia madre, ma non accetterà di essere respinto quando sta agendo a mio favore. Il suo senso di colpa è troppo forte quando pensa di che cosa mi ha privato.

Prendo il telefono e mando un messaggio di gruppo i miei fratelli. *Papà è andato a Villroy, con la corona e lo scettro per otte-*

nere un qualche tipo di compensazione a nostro favore. Parto domani sera per impedire l'esilio parte seconda, se mamma riuscirà a tenerlo a freno così a lungo.

Le risposte arrivano a una a una nei minuti seguenti e si possono riassumere in "ma che cazzo".

Connor: *Come diavolo ha fatto a superare la sicurezza con quel pezzo di metallo? Avrebbe dovuto attirare attenzione.*

Bella domanda. Sarebbe difficile spiegare perché sta portando in giro quello che sembra un pezzo di storia degna di un museo. Ancora più pericoloso lasciarlo in giro finché la sicurezza fa le sue indagini sugli strani pezzi. Non ha sicuramente rischiato di metterlo in valigia. A meno che abbia preso un aereo privato. Non se lo può permettere e questo significa che deve aver preso l'aereo reale. Mio cugino Adrian ci aveva offerto di volare sul jet privato per il matrimonio, ma avevamo rifiutato perché, beh penso fosse per orgoglio.

Lo staranno aspettando. Manderò un messaggio a Adrian. Sono le due del mattino a Villroy, ma Adrian sta spesso alzato fino a tardi dato che copre il turno serale al suo casinò. *Mio padre è diretto a Villroy. Che cosa sta succedendo?*

Nessuna risposta. Probabilmente è occupato al casinò.

Mio padre non capisce che ho tutto ciò che voglio? Sono cresciuto in una famiglia amorevole, ho la mia impresa e ho trovato l'amore della mia vita. Tutto qui a Brooklyn. È questo il mio posto. Non ho bisogno di far parte della famiglia reale. Non sono mai stato più felice.

Appena Ariana torna a letto, la tiro vicina, contro al mio fianco.

Lei mette un braccio e una gamba sopra di me. «Non riesco a credere che domani andrò in un vero e proprio palazzo con il mio principe.»

Sorrido. «Il tuo principe mezzo borghese, ma è così.»

Lei mi guarda quasi timidamente da sotto le ciglia. «Sarei quasi una mezza principessa se ti sposassi.»

La bacio. «Sposami e ti tratterò come una principessa intera.»

Lei sbatte gli occhi un paio di volte poi si gira di fianco allontanandosi da me. La sento piagnucolare.

La stringo da dietro avvolgendole un braccio intorno alla vita e sbirciando sopra la sua spalla. «Stai piangendo?»

«Sì, stupido, smettila di essere il sogno romantico di ogni donna.»

Non posso fare a meno di sorridere. «Nessuno mi ha mai accusato di esserlo prima che arrivassi tu.»

Ariana tira su col naso un paio di volte poi si dimena cercando di avvicinarsi di più. Il mio corpo reagisce come se fosse un invito. Non credo che smetterò mai di desiderarla. È folle ciò che provo.

Aspetto finché sembra che abbia finito di piagnucolare e poi le bacio il collo.

Lei sospira spostando la testa per facilitarmi il compito. Ne approfitto e sento la sua pelle che si scalda sotto le mie labbra.

Aggancia la gamba sopra la mia, aprendosi. Maledizione, adoro questa donna.

Non riesco a credere di essere veramente di nuovo a Villroy. Non pensavo che avrei rivisto questo posto. Ariana è stata fuori di sé per tutto il viaggio: prima il jet privato e lo yacht per arrivare all'isola e ora la grande corte del palazzo. Mio cugino Adrian mi aveva risposto e aveva organizzato tutto il nostro viaggio. Avevamo cancellato il volo commerciale preferendo ovviamente il jet. Eravamo comunque partiti quando da noi era notte, ma era stato un volo più diretto è molto più confortevole. Sia Ariana sia io eravamo riusciti a dormire. Ora è mattina a Villroy e stiamo attraversando la corte del palazzo diretti al grande portone di legno.

Mio padre ha avuto un'intera giornata qui per creare scompiglio. Non mi ha richiamato e ho ricevuto solo un breve messaggio da mia madre in cui diceva che era lieta che fossimo lì. Sono troppo occupati in quello che stanno facendo a palazzo? Che cosa *stanno facendo* a palazzo? Riesco a immaginare mio padre che sta preparando un discorso imperioso, mentre mia madre lo invita ad aspettarmi e a darmi la possibilità di parlare per mio conto. Non voglio che debba soffrire ancora a causa della famiglia reale.

«Sei veramente un principe» dice Ariana per la milionesima volta. «Guarda questo posto! Riesci a immaginare come sarebbe vivere qui?»

Mi guardo attorno. Il palazzo è esattamente quello che ci si potrebbe aspettare da un palazzo, una costruzione di arenaria con tante guglie e torrette. Non esattamente l'affollata casa a schiera di Brooklyn nella quale sono cresciuto, anche se vivevamo in un bel quartiere.

«No» rispondo.

«È così bello» dice sospirando. «Oh. Vai a metterti accanto all'entrata in modo che ti possa fare una foto.»

«No.»

Continuo a camminare attraverso il cortile con la mia sacca sulla spalla. La mia unica preoccupazione è mio padre.

Ariana mi mette un braccio intorno alle spalle, bloccandomi. Poi scatta un selfie di noi due con il palazzo sullo sfondo.

«Non farlo più» ringhio con il mio tono più feroce. «Non voglio che la gente sappia del mio legame con la famiglia reale di Villroy.»

«Perché no? È fico!»

«Perché la mia famiglia è stata esiliata.» Afferro il suo trolley da dove era caduto di lato quando Ariana era corsa verso di me per fare il selfie e continuo a camminare mentre lei scatta foto del palazzo. «Non voglio che altri scandali perseguitino mio padre.»

Lei mi raggiunge. «Ma ti hanno invitato a tornare. Sei dentro, baby!»

Mi fermo e la guardo con gli occhi stretti. «Ti piace un po' troppo.»

«Sono sicura che tuo padre stia bene. Che cosa vuoi che gli facciano, che lo rinchiudano per aver chiesto ciò che gli è dovuto?»

Provo un senso di inquietudine. Non ci avevo pensato. Questa è una monarchia, il che significa che Gabriel e Anna qui sono la legge. Hanno l'ultima parola e possono fare ciò che ritengono giusto, incluso rinchiudere chi rappresenta una minaccia al loro potere.

Mi avvicino al portone dove ci sono due guardie. «Sono Dylan Rourke e questa è la mia fidanzata, Ariana Bianchi.» Sento uno squittio dietro di me. Le avevo già detto che ci saremmo sposati, quindi non avrebbe dovuto essere una sorpresa degna di uno squittio. «Mio cugino Gabriel mi sta aspettando.» Tolgo il passaporto dalla tasca per mostrarlo come prova, ma mi stanno già facendo segno di entrare.

Mettiamo piedi nel grande foyer e sento Ariana ansimare. «Oh mio Dio, è favoloso!»

È quello che ho pensato la prima volta in cui l'ho visto. Il salone alto due piani di marmo bianco con specchi dorati e la tappezzeria con motivi in foglia d'oro è stato progettato per impressionare. Ma siamo qui per la faccenda importante: tenere mio padre fuori dalle segrete.

Si avvicina un servitore con un abito scuro. «Sono Nolan, il maggiordomo di palazzo Amalie. Benvenuti, signore, signora. William si occuperà del vostro bagaglio. La vostra stanza è pronta.»

Si avvicina un altro uomo sulla cinquantina, con un vistoso riporto.

«Grazie, Nolan» dice Ariana. «Che magnifico palazzo avete qui.»

«Grazie, signora.»

«Devo vedere mio padre» dico. «Può indicarmi dov'è? Daniel Rourke, l'ex principe ereditario.»

«Sì certo. Sappiamo chi è. Mio padre era al suo servizio.»

«Anche il mio» dice orgogliosamente William. «Conoscevo Daniel quando eravamo entrambi ragazzi. Era così corretto e ligio al dovere. Sempre il massimo del decoro e della dignità reale.» Tossicchia e distoglie lo sguardo. «Finché non ha preso un'altra direzione.» Intende dire mia madre.

Stringo i denti. «Ha fatto una scelta. Ora per favore ditemi dov'è.»

«Signore è meglio che non vada» dice Nolan. «Posso suggerirvi di incontrarvi più tardi a pranzo?»

«Le assicuro che voglio vederlo adesso» dico a denti stretti. «Subito.»

Nolan e William si scambiano un'occhiata preoccupata.

«Lo hanno imprigionato?» chiedo. «Ditemelo prima che faccia a pezzi questo posto.»

«Dylan calmati» dice Ariana stringendomi il braccio. «Stavo scherzando prima parlando di rinchiuderlo. Non credo che questo posto abbia delle segrete.»

William si schiarisce la voce. «In effetti ci sono, signora.»

«Portatemi immediatamente da mio padre» ruggisco.

«Sì» interviene Ariana. «Non siamo venuti fin qui per sentire un mucchio di scuse.»

Le do un'occhiata riconoscente e mi volto a guardare i due servitori. Nolan stringe le labbra. William fa un passo indietro mormorando: «Mi occuperò delle vostre cose».

«Molto bene signore» intona Nolan. «Io l'ho avvertita.»

13

Dylan

Mi si forma un groppo in gola. «Bene, portatemi da lui.»

Ariana mi rivolge un'occhiata preoccupata mentre seguiamo Nolan in un lungo corridoio e poi per parecchie rampe di scale. Qualche altra svolta a destra e a sinistra e arriviamo davanti una porta chiusa. Almeno non è una segreta. Sarebbe sotto il palazzo, non sopra.

Nolan bussa forte. Una specie di muggito e uno strillo acutissimo filtrano verso il corridoio come se stessero assassinando qualcuno.

Nolan fa una smorfia e si volta verso di noi. «Non credo che mi abbia sentito, signore.» Apre la porta e fa un passo indietro.

Per un momento, io fisso scioccato la scena, cercando di capire che cosa sta succedendo esattamente. Mio padre è sdraiato sulla schiena sul pavimento con i capelli in disordine. Una figuretta in jeans rotola in fretta via da lui. Una bambina con selvaggi riccioli scuri balza in piedi. È a piedi nudi, con una tuta di jeans e una maglietta gialla a pois.

Prende dal pavimento una piccola spada di plastica e la brandisce alta in aria. «Morto Pop-Pop.»

Pop-Pop? Mio padre finge di essere ferito e poi ricade sul pavimento.

Do una veloce occhiata intorno al disordine della stanza. È una nursery, con le pareti a righe bianche e gialle, un tavolino con delle sedie da bambino rovesciate e un pavimento cosparso di giocattoli, peluche e costumi.

«Papà?» Mio padre indossa una cappa viola.

Lui spalanca gli occhi e si mette immediatamente seduto. «Dylan, sei qui!»

«Che cosa stai facendo?»

Lui guarda la piccola. «Sto giocando con questa piccola sputafuoco. Mila, questo è tuo zio Dylan.»

Mila si ficca il pollice in bocca, fissandomi con grandi occhi castani, ancora con la spada stretta in mano.

«Ehi, piccolina, bella la tua spada» le dico.

Lei la nasconde dietro la schiena come se potessi prendergliela, continuando a succhiarsi il pollice.

Ariana si accuccia davanti a lei. «Ciao Mila. Io sono Ariana.»

Mila si toglie il pollice dalla bocca. «Ciao.»

«Ciao!» dice Ariana.

«Ciao!» la imita Mila con un sorriso.

Porgo la mano a mio padre per aiutarlo ad alzarsi ma lui la rifiuta e si alza da solo. Non si sistema nemmeno i capelli in disordine e di solito è sempre inappuntabile. Devo farmi forza per non riordinarglieli io.

«Che cosa sta succedendo?» chiedo.

Mio padre sorride. «Sono il suo Pop-Pop.»

Mila lascia cadere la spada e si getta contro la sua gamba abbracciandola. Mio padre le arruffa i capelli sorridendole. «Si è affezionata a me e, dato che mio fratello non c'è più, sono il suo nonno onorario. I bambini hanno bisogno di una forte figura maschile nella loro vita.»

Suppongo che suo padre, il re, possa essere una forte figura maschile, insieme a tutti gli altri fratelli reali, ma mi concentro sulla cosa più importante: che cosa diavolo sta facendo. «Possiamo parlare in corridoio?»

Mio padre fa un passo verso il corridoio con Mila ancora aggrappata alla sua gamba.

«Da soli» dico.

«È attaccata a me» mi risponde, staccandola dalla gamba e mettendosela sulle spalle. La bambina gli avvolge le braccia intorno alla testa e lui le sistema le mani in modo da poter vedere.

«Potresti giocare tu con lei?» chiedo ad Ariana.

Lei annuisce. «Mila credo che il tuo cagnolino e l'orso vogliano fare una festicciola. Sai dove posso trovare delle tazze da tè?»

Mio padre rimette a terra Mila e lei indica un mucchio di giocattoli in disordine in un angolo.

Ariana si avvicina e prende una scarpina da bambola. «È questa la tazza?»

Mila ride e scuote la testa.

Ariana prende un elicottero di legno. «È questa la tazza?»

«No!» esclama Mila con una risata e corre a mostrare la tazza ad Ariana.

«Sarà meglio che mi affretti prima che noti che mi sono allontanato» sussurra mio padre, precipitandosi fuori dalla porta.

Lo raggiungo in silenzio chiudendo la porta dietro di noi. Lui mi fa segno di seguirlo e scendiamo in una grande suite. Mio padre si accomoda sul divano beige e io mi siedo accanto a lui.

«Questa è la suite di Mila e dei suoi genitori» dice. «Dorme ancora in un lettino nella loro camera» aggiunge indicando dietro di sé.

Mi guardo attorno. La suite del re e della regina non è formale come mi aspettavo. Siamo in un grande soggiorno con un camino e un televisore montato sopra. Dall'altra parte della stanza c'è un tavolo rotondo di mogano con le sedie imbottite intorno, davanti a una grande finestra che guarda sul mare. «Dove sono Gabriel e Anna?»

«Sono a una cerimonia per il taglio del nastro di un'estensione dell'ambulatorio. Ora che il regno sta finanziariamente meglio, stanno ricostruendo alcune infrastrutture.»

Appoggio i gomiti sulle ginocchia. «Ok, e tu cosa c'entri in tutto questo?»

«Mi sto veramente divertendo a fare il nonno.»

Mi raddrizzo e cerco la pazienza in fondo a me. «Perché ti sei organizzato in segreto per volare fin qui con la corona e lo scettro?»

«Ah, allora la mamma te ne ha parlato.»

«Lo ha detto ad Ariana, che l'ha detto a me. Mi puoi per favore dire che cosa sta succedendo?»

«Li ho restituiti» dice. «Devono restare qui.»

«E hai chiesto qualcosa in cambio?»

«Beh, tua madre ha fatto del suo meglio per ottenere che aspettassi te, ma erano anni che aspettavo di chiedere ciò che è mio di diritto.»

Reprimo un gemito. «E non potevi aspettare un altro giorno?»

«Era mio dovere nei confronti dei miei figli e non era una tua responsabilità.»

Perché avevo pensato che sarei riuscito a influenzarlo? E perché l'aveva pensato mia madre? Mio padre ha sempre avuto la testa dura e non ha mai cambiato idea. D'altro canto, non sembra in cattive condizioni. È possibile che abbiano accettato le sue richieste?

«Esattamente che cosa hai chiesto?»

«Ho chiesto a Gabriel e ad Anna di contribuire al lancio della Rourke Management per compensare tutto ciò che è stato negato alla nostra famiglia.»

Mi appoggio allo schienale del divano, chiudendo gli occhi per un momento. Non ho veramente voglia di accettare la carità dai miei cugini. D'altro canto, a mio padre è stato negato ciò che gli spettava. «Che cosa ti hanno risposto?»

«Ti dirò prima ciò che ho detto io. Ho detto loro, con tutta la giusta indignazione che mi brucia in petto da anni, che avevo dato la mia giovinezza alla corona. I miei genitori mi avevano educato molto severamente per fare il mio dovere e poi, quando avevo voluto sposare l'unica donna che abbia mai amato, mi avevano tagliato fuori. Esiliato senza un'indennità. Avevano confiscato tutti i miei beni, alcuni di grande valore. Ero rimasto solo con i vestiti che avevo addosso.» Smette di parlare e sembra perso per un momento nei suoi ricordi, prima di concentrarsi di nuovo su di me. «Gabriel ha detto che era un'assurdità e che capiva la mia posizione, ma che era loro dovere riversare i profitti nel regno. Stanno appena adesso rimettendosi in piedi.»

Espira rumorosamente e continua: «Il dovere nei confronti del regno mi è stato inculcato fin dalla nascita, quindi questa era probabilmente l'unica risposta che avrei ascoltato senza scatenare il Kraken». Fa un sorrisino, sembra quasi orgoglioso di aver usato un po' di slang nel suo discorso formale. Meno male che è riuscito a contenersi. «Comunque, non ero pronto a rinunciare. Ho parlato loro dei tuoi piani di costruire dei quartieri e restituire qualcosa alla comunità inserendo parchi e campi gioco come parte dello sviluppo. Anna ha offerto di fare donazioni per i parchi e i campi gioco tramite la loro fondazione di beneficenza. Ho accettato, ovviamente, perché è comunque un aiuto, ma non mi bastava. Mi era stato negato il mio posto nel regno!»

Mi dà un'occhiata di sottecchi. «A quel punto ho liberato il Kraken, esprimendo tutto il mio sdegno. Ed è stato a quel punto che Anna ha detto che pensava di potermi essere d'aiuto. Non sapevo che cosa avesse in mente e non lo sapeva nemmeno Gabriel. Poi mi ha portato da Mila, presentandomi come suo nonno.» Gli si riempiono gli occhi di lacrime. «Vedi, quella bambina non ha un nonno né dal lato paterno né da quello materno. Ha solo me. Anna aveva un padre affidatario che però è deceduto. Dice che essere il nonno di Mila mi darà di nuovo un posto nel regno e una seconda possibilità di godermi l'infanzia. Stanno cercando di allevarla nel modo più normale possibile, anche se un giorno sarà la regina. Non cominceranno la sua educazione in quel senso finché non avrà sedici anni. I tempi sono cambiati a Villroy, e in meglio.»

Rifletto per un momento su ciò che mi ha detto. «Significa che hai intenzione di restare qui?»

«No. Mi sono ritagliato una vita piacevole a Brooklyn, ma verrò in visita di frequente. Ho ancora intenzione di diventare un agente immobiliare.»

«Quindi ti sei guadagnato una nipotina.»

Mio padre sorride e fa svolazzare i lembi della cappa di velluto. «Sì. Mi sto godendo i giochi da bambini. Ho giocato anche con te e i tuoi fratelli, ma allora lavoravo e c'era sempre qualcuno di voi che doveva essere cambiato, nutrito o coccolato. Dovevo anche assicurarmi che vostra madre non stesse esagerando e facendo troppo. Molte volte era incinta mentre curava voi piccolini.»

«Ero preoccupato. Nessuno dei due mi ha richiamato.»

Lui mi dà una spallata scherzosa. «Non devi preoccuparti per me. Mai. Io atterro sempre in piedi. Non volevo avere la distrazione del telefono per un evento così importante, quindi l'ho spento. Tua madre era troppo occupata a cercare di trattenermi per passare tempo al telefono. Dice di averti mandato un messaggio in risposta al tuo nel quale le dicevi che stavi venendo qua. Quando ho cominciato a passare il tempo con Mila, tua madre è andata a passare la giornata alla Spa con mia cognata, la principessa Alexandra. Sono andate subito d'accordo.»

«Quindi immagino che non fosse necessario che venissi qua.»

«No. È stata la preoccupazione di tua madre che ti ha fatto venire qua. Le sue intenzioni erano buone ma sbagliate.» Mi stringe la spalla. «Ma sono contento che tu sia qui. Ceneremo tutti insieme stasera. È bene che i cugini si conoscano. Siamo una famiglia.»

Mi gratto la barba sulla guancia. Non voglio dire che non sono contento per lui, ma avevo già una famiglia. E ora che ha restituito la corona e lo scettro, non ho più niente per finanziare la Rourke Management. Detesto dover cominciare pieno di debiti ma è così oppure limitarmi alle costruzioni.

Devo parlare con Ariana.

～

Ariana

«Mila è talmente adorabile» dico a Dylan.

Lui è sdraiato sul letto completamente vestito con un braccio sopra gli occhi. «Lo so. Si è conquistata il cuore di mio padre.»

Mi ritocco il rossetto allo specchio del bagno. «Allora qual è il piano? Ora che sai che tuo padre sta bene, torneremo a casa domani?»

«Sean mi coprirà per qualche giorno. Non sapevo quanto tempo sarei dovuto restare qui. Possiamo rimanere fino al week-end, se vuoi.»

«Oh, sì che lo voglio. Alzati. C'è la cena nella sala da pranzo reale. Penso che sarà elegante, col re e la regina. Come sto?»

Lui si toglie il braccio dagli occhi e mi fissa palesemente ammirato. «Favolosa. Non sapevo che avessi portato un abito elegante.»

Indosso il mio tubino nero. «Era ovvio. Se ti invitano a Palazzo Reale devi portare qualcosa di carino per l'occasione.»

Dylan rotola giù dal letto e viene verso di me con lo sguardo di un predatore. «Quanto tempo abbiamo prima di dover scendere?»

Io faccio un passo indietro, ma lui è più veloce, mi mette un braccio intorno alla vita e mi tira contro di lui. «Non abbastanza per quello.» Ho il fiato corto. È difficile resistere al calore del suo corpo muscoloso premuto contro il mio.

Le sue mani scivolano verso l'orlo nel mio vestito rialzandolo e accarezzandomi la gamba allo stesso tempo. «Non posso essere più elegante di così. Camicia e pantaloni. Niente cravatta. Le detesto.»

Gli spingo verso il basso la mano che ha appoggiato sul mio fianco, con le dita che giocherellano con le mie mutandine. «Non posso arrivare a cena con l'aspetto di una che ha appena fatto sesso.»

Lui passa il dito lungo la mia clavicola e poi scende ad accarezzare la curva di un seno. I miei capezzoli si contraggono immediatamente. «Ariana, sai che dobbiamo far pratica se vogliamo un bambino.»

Gemo quando passa i pollici avanti e indietro sui miei capezzoli. «Decisamente *non abbiamo bisogno* di far pratica.»

I suoi occhi scintillano. «Lascia che provi qualcosa di diverso con te.»

Mi manca il fiato. È furbo, sta usando le stesse parole della prima volta in cui abbiamo fatto sesso quando mi ha praticamente sconvolto e rovinato per tutti gli altri uomini.

Dylan fa un sorriso diabolico e mi afferra per la vita alzandomi da terra. Squittisco per la sorpresa, anche se il suo sguardo avrebbe dovuto avvertirmi. Mi porta verso il letto. Mi rimette a terra e poi mi dà una piccola spinta. Atterro con i fianchi sul bordo del morbido materasso. Poi mi rialza il vestito fino alla vita e mi tira verso la sponda. Le mutandine svaniscono un attimo dopo.

«Apri le gambe per me, baby» dice inginocchiandosi.

Sorrido. Lui mi manovra, comanda, chiede. Ma c'è sempre questo momento, un certo tono che mi dice di andargli incontro a metà strada.

Allargo le gambe e lui mi ricompensa con un mormorio di approvazione prima di divorarmi.

«Ho l'aspetto di una che è stato scopata in tutti i modi immaginabili?» gli chiedo.

Dylan sogghigna.

Mi guardo allo specchio. Ho rifatto il trucco, mi sono risistemata i capelli, ma non c'è modo di nascondere le guance rosate e le labbra rosse. Chi sapeva che orgasmi multipli avrebbero funzionato meglio del trucco? Comunque, è un po' troppo evidente. Sono troppo rosea, persino sul collo e sul petto.

Chiudo gli occhi e penso a qualcosa che mi raffreddi. Dylan mi abbraccia da dietro. «Non preoccuparti. Nessuno può vedere il segno dei morsi.»

«Non mi stai aiutando a raffreddarmi. Penso che andrò fuori.»

Lui abbassa la faccia contro il mio collo. «Hai anche delle bruciature da barba in alcuni posti. Probabilmente le peggiori sono sul lato del tuo collo.»

Mi precipito lo specchio e aggiungo un altro strato di fondotinta. «È l'ultima volta che ti permetto di denudarmi prima di un grande evento.»

«Davvero?» mi sussurra all'orecchio arrivandomi dietro e accarezzandomi il seno finché i capezzoli sono nuovamente eretti e quasi doloranti. Dovrei spingerlo via ma il mio corpo non vuole. Invece mi appoggio contro di lui.

«Dylan, per favore.»

Lui mi lascia andare con una sculacciatina sul sedere. Questa volta non squittisco nemmeno.

Do un'occhiata ai miei capezzoli esageratamente puntuti. «Mi serve uno scialle.»

Prendo uno scialle nero all'uncinetto dalla mia valigia e lo drappeggio in modo da coprire sia le bruciature da barba, sia il segno dei morsi, sia i capezzoli eretti. Gli ficco un dito nel petto. «Basta toccarmi.»

Dylan mi rivolgi un lento sorriso. Ha i capelli disordinati in modo sexy e la corta barba scura gli dà un aspetto pericolosamente spigoloso. È un uomo così attraente. «Non posso farne a meno quando sei così sexy.»

Chiudo lentamente gli occhi. «Grazie.»

Dylan mi prende per mano e mi accompagna fuori dalla stanza. «Quando torneremo a casa ti metterò un anello al dito per renderlo ufficiale.»

Mi fermo nel corridoio e chino di lato la testa guardandolo con attenzione. «Mi stai chiedendo di sposarti proprio adesso?»

«No. Era solo per farti sapere quello che succederà. Sceglierò l'anello quando torniamo a casa.»

«Quindi mi stai semplicemente dicendo come sarà.»

«Sì. Ti sto tenendo al corrente.»

«Wow.»

«Già.» Mi stringe la mano, ignorando completamente il mio sarcasmo.

«A volte non sei molto romantico.»

Dylan inarca le sopracciglia, sorpreso. «Che cosa significa? Ho o non ho dichiarato al nostro primo appuntamento che avrei accettato di essere il padre del tuo bambino a certe condizioni?»

«Sì» ammetto.

«Ho o non ho ballato un lento con te?»

«Sì.»

«Ti ho o non ti ho raccontato i miei pensieri più intimi quando me l'hai chiesto?»

Io ridacchio. «Sì, ma poi mi hai spogliato.»

«Mi hai pregato tu di aiutarti a farlo.» La sua voce si alza fino a un falsetto. «Dylan fammi venire. È passato così ta-a-a-anto tempo. Ho biso-o-o-gno di te.»

«Shh.» Gli copro la bocca con la mano.

Lui mi sposta la mano, mi tira forte contro di sé e mi bacia fino a lasciarmi senza fiato.

Un lungo momento dopo, mi prende il volto tra le sue mani fissandomi negli occhi. «Ti amo. Sposami. Sii mia e solo mia finché morte non ci separi.»

Ho il cuore che batte come un tamburo. Resto per un attimo senza parole. È la cosa più romantica che abbia mai sentito e l'ha pronunciata l'uomo che qualche momento fa mi ha informato in modo del tutto casuale che lo avrei sposato.

«Sì!» grido. «Sì. Ti sposerò e sarò tua per sempre. Felicemente.»

Lui sorride contro la mia bocca prima di baciarmi. «Avrai l'anello quando torneremo a casa, come ti ho detto.»

Rido. Le sue intenzioni erano chiare, le emozioni anche e ha trovato le parole che avevo bisogno di sentire. «Oh, Dylan. Sto cominciando a capire che ci metti tutto te stesso anche quando io non sono sicura. Sto cominciando a capirti.»

«Non sono poi così complicato.» Mi prende la mano e percorriamo il corridoio. «Che tipo di anello vuoi?»

«Non voglio che tu spenda tanto. Il mio ex aveva speso una fortuna...» Smetto di parlare. Ho ancora l'anello di fidanzamento. Sono quindici carati e vale almeno un milione di dollari.

«Sì, Abbiamo sentito tutti del tuo ricco marito.»

«La sua famiglia era ricca. Ci avevano regalato la casa quindi lui aveva potuto spendere di più per l'anello. Questioni di status.» Mi fermo un attimo. «Dylan ho ancora quell'anello. Posso venderlo e investire il ricavato in una proprietà per la Rourke Management. Sarà un inizio.» Sto saltellando in punta di piedi. «Avevo intenzione di usarlo per la banca del seme e per comprarmi un posto dove vivere, ma adesso il seme sei tu e hai già un appartamento.»

«Sono il tuo seme» ripete lui ignorando completamente la favolosa notizia.

«Sei il mio amore, il padre del mio bambino, mio marito, il mio compagno, il mio amico, il mio tutto!» Gli getto le braccia al collo e lo bacio.

Lui alza la testa. «Sei sicura di voler usare i tuoi soldi per me?»

«Per noi.»

Dylan mi abbraccia. «Grazie, Ariana. Sei tutto quello che ho mai voluto. Sei mia.» Mi liscia i capelli portandoli sopra la spalla nuda con le dita che scendono lungo il braccio. «Tu capisci cosa intendo dire quando dico che sei mia?»

«Sì. Che saremo fedeli l'uno all'altro.»

«Sì, e che sei responsabilità mia. Mi prenderò cura di te ti proteggerò e ti amerò. Ti darò tutto quello che vuoi, perché tutto quello che voglio io è la tua felicità.»

Mi scendono le lacrime dagli occhi e Dylan le asciuga coi pollici. «Sei veramente un principe. E io sono la donna più fortunata al mondo.»

Dylan mi bacia teneramente. «Te la senti di bigiare questa cena formale? So per certo che c'è un regalo per te nella nostra stanza.» I suoi occhi scintillano diabolici e so che cosa ha in mente.

Gli sorrido. «Il regalo è lungo quindici centimetri?»

Lui sogghigna. «Diciamo venti.»

Scuoto la testa ridendo. «Cena.»

14

______

Ariana

Quando arriviamo nella sala da pranzo, la famiglia reale è già seduta con un drink in mano. «Scusateci, siamo in ritardo» dico e faccio una riverenza. Ho sentito dire che è quello che si dovrebbe fare quando si vedono il re e la regina. So che aspetto hanno. Ero una di quei fan che guardavano il loro matrimonio in televisione, ma è completamente diverso incontrarli di persona.

Alla fine del lungo tavolo lucido incontro lo sguardo di re Gabriel. È ben rasato e i suoi folti capelli castano scuro sono perfettamente tagliati. Indossa una giacca color antracite sopra una camicia bianca aperta sul collo. I suoi zigomi alti, il naso dritto e la mandibola squadrata assomigliano tanto a quelli di Dylan che è come se avessero usato lo stesso stampo. Non mi ero resa conto del legame familiare finché non l'ho visto di persona.

«Non siete in ritardo» mi rassicura re Gabriel. «Volevamo solo accertarci che Mila mangiasse qualcosa prima di farsi distrarre dalla compagnia. Noi abbiamo solo bevuto qualcosa.»

«Bere!» esclama Mila dal suo seggiolone accanto a re

Gabriel. Picchia sul vassoio il suo bicchierino di plastica col beccuccio prima di bere un sorso.

«Non si picchia il bicchiere, per favore» dice severamente Gabriel.

Lei sorride a suo padre intorno al bicchierino e l'acqua le gocciola fuori dai lati della bocca. Lui prende un tovagliolo e l'asciuga.

«È bello rivederti, Dylan» dice la regina Anna. «E anche conoscere te.» Mi sorride da dove è seduta dall'altro lato di Gabriel. I suoi capelli castano scuro sono lunghi e ricci e incorniciano un volto a forma di cuore con scintillanti occhi castani e una pelle chiara e vellutata. Riesco a vedere da dove ha preso i suoi colori la bambina.

«È un piacere anche per me. Sono Ariana.»

«La mia fidanzata» dice Dylan mettendomi la mano sulla schiena e accompagnandomi da loro a capotavola.

Non riesco a evitare un enorme sorriso. «Sì. È appena successo. Mi ha chiesto di sposarlo.»

Gabriel e Anna si alzano in piedi per congratularsi con noi. Gabriel stringe la mano di Dylan e gli dà una pacca sulla schiena. Anna addirittura mi abbraccia. La regina di Villroy mi ha abbracciato! E ci siamo appena conosciute!

«Siediti e dimmi come ha fatto» dice Anna, indicandomi di sedermi accanto a lei. «Si è inginocchiato?»

«È successo nel corridoio mentre venivamo qua» dico entusiasta. «Non si è inginocchiato, ma va bene lo stesso.»

«Oh» dice, dando un'occhiata a Dylan seduto all'altro mio fianco.

«È stato così romantico,» le assicuro, «ha detto che gli interessa solo la mia felicità.»

Dylan mi prende la mano e la stringe. Lo guardo e sorrido prima di voltarmi nuovamente verso Anna.

«Ooh, fammi vedere l'anello!» esclama Anna indicando la mia mano.

«Niente anello per ora» dice Dylan. «Glielo prenderò quando torneremo a casa.»

«Sembra che sia stato tutto molto spontaneo» dice Gabriel. «Di nuovo congratulazioni. Facciamo portare lo champagne per festeggiare.» Fa un cenno a un cameriere in attesa che china la testa ed esce dalla stanza.

«Ecco che arriva il mostro del solletico!» tuona una voce.

Ci voltiamo tutti e vediamo il signor Rourke che agita le mani sopra la testa, con un aspetto assolutamente non spaventoso e francamente ridicolo mentre entra nella stanza a grandi passi da mostro.

Mila emette uno strillo di gioia talmente acuto da far gelare il sangue. «Pop-Pop!» Alza le braccia per farsi prendere in braccio, rimbalzando su e giù nel suo seggiolone.

La signora Rourke lo segue a un passo più calmo. «Salve a tutti!» Si china a dare un bacio sulla guancia a Dylan. Poi si volta verso di me e bacia anche la mia guancia. «Sono contenta di vedervi entrambi qui.»

«Sono felice anch'io di vederla, signora Rourke» le rispondo.

«Per favore chiamami Tara.»

«Ok, Tara» provo a dirlo.

Lei sorride. «Mio marito è Daniel ma è un po' più formale di me. Meglio aspettare il suo invito.»

Mila squittisce quando suo padre la toglie dal seggiolone e la consegna nelle braccia del signor Rourke. Lei gli prende la faccia con entrambe le mani e lo fissa negli occhi.

«Boo» dice lui.

«Boo» gli urla lei proprio in faccia.

«Mila! La voce da interni!» le ordina Anna.

«Boo» ripete Mila con un urlo sussurrato. «Boo, boo, boo. Okay mamma?»

«Brava» dice Anna. «Non vogliamo che Pop-Pop diventi duro d'orecchi per tutti i tuoi urli.»

Mila guarda dentro l'orecchio del signor Rourke che ride.

Qualche minuto dopo, sono tutti seduti con Mila in braccio al signor Rourke.

Il cameriere torna con un vassoio pieno di flûte di champagne.

«Adoro lo champagne» dice Tara. «Che cosa festeggiamo?»

«Ariana e io siamo fidanzati» dice Dylan. «Non ho...»

«Ahh!» esclama Tara allungando le braccia verso di noi attraverso il tavolo. «Quando è successo? Sono così eccitata per voi!»

Giro intorno al tavolo per abbracciarla, dato che ha ancora le braccia tese. Il signor Rourke mi stringe il braccio e si congratula anche lui.

«Tua madre lo sa?» mi chiede la signora Rourke.

«È letteralmente accaduto un momento prima che entrassimo nella sala da pranzo. Mi ha chiesto di sposarlo in corridoio. Glielo farò sapere dopo cena. All'inizio Dylan mi ha semplicemente informato che ci saremmo sposati.» Lancio a Dylan un'occhiata di finto disappunto. «Poi ha reso tutto più romantico con una vera proposta.»

Dylan si limita a sorridere e ci raggiunge.

Il signor Rourke sorride. «Ho detto a Tara che l'avrei sposata al nostro primo appuntamento.»

«È vero!» esclama Tara. «Pensavo fosse pazzo. Avrebbe dovuto sposare una principessa che non aveva mai incontrato. Era tutto combinato.»

«Ho capito che eri destinata a me appena ti ho visto» dice teneramente il signor Rourke. «Eri mia.»

«Mia!» esclama Mila.

Tara sorride radiosa. «Sapevo che era l'uomo che avevo sempre sperato di incontrare. Ma non volevo mettermi tra lui e il suo destino. È stato a quel punto che mi ha detto che ero *io* il suo destino.» Le si riempiono gli occhi di lacrime mentre guarda il marito per un lungo momento, prima di tornare a rivolgersi a noi. «È andato tutto bene. Sono così felice di aver potuto passare un po' di tempo con la principessa Alexandra. Allora, lei aveva dovuto sposare il fratello di Daniel al suo posto e mi ha detto che sono stati molto felici insieme.»

«I miei genitori erano molto uniti» dice Gabriel.

«Un brindisi al vero amore» esclama Anna alzando il suo calice.

Dylan e io torniamo ai nostri posti e alziamo anche noi i calici. Quando tutti hanno alzato i bicchieri il signor Rourke dice: «Al vero amore e ai nuovi legami di famiglia».

Tutti fanno il brindisi e bevono un sorso. Mila alza il suo

bicchierino e facciamo a turno a fare cin-cin con lei prima che beva.

La cena è deliziosa e passo la maggior parte del tempo chiacchierando con Anna. È americana e desidera portare Mila negli Stati Uniti appena sarà grande abbastanza da poterlo apprezzare. Le parlo dell'area intorno a San Francisco, dove non è mai stata e delle cose divertenti da fare coi bambini a New York. Lo zoo del Bronx è una visita obbligatoria. Quando arriviamo al dessert, una torta al cioccolato da favola, sembra che siamo vecchie amiche e mi trovo veramente a condividere i miei programmi futuri con Dylan, dicendole quanto sia felice che il mio vecchio anello di fidanzamento potrà aiutarci a lanciare il nostro futuro insieme.

«E come un karma positivo» dice. «Ciò che una volta era il triste promemoria di una fine diventa un nuovo inizio pieno di gioia.»

«Esattamente!»

«Anna» dice Gabriel, inclinando la testa verso Mila che si sta arrotolando una ciocca di capelli sul dito, appoggiata alla spalla del signor Rourke.

Anna annuisce. «Se comincia ad arrotolarsi una ciocca di capelli sul dito significa che è quasi ora di portarla a letto. Deve fare il bagno e poi la sua solita routine serale. È stato bello parlare con te. Per favore teniamoci in contatto.»

«Oh, lo farò certamente. Dovreste venire al nostro matrimonio! Non sarebbe bello se i Rourke di Villroy visitassero i Rourke americani a Brooklyn?»

«Mi piacerebbe!» Poi si volta verso Gabriel che sorride e inclina la testa. «Ci saremo» dice, rivolta a me.

Guardo Dylan, rendendomi conto un po' in ritardo che avrei dovuto chiedere prima a lui, dato che non è molto che ha riallacciato i rapporti con questo ramo della famiglia.

«Benissimo» dice. «Solo non aspettatevi un grande salone da ballo. Sarà una cosa in tono minore.»

«No, certo, non come un matrimonio a palazzo» dico ridendo.

«Potreste sposarvi qui, se volete» dice Anna. «Abbiamo una cappella.»

Come una vera principessa! Mi volto a guardare Dylan per capire che cosa pensa di questa idea.

Lui si china verso di me. «Ti piacerebbe essere una sposa principessa, vero?»

Annuisco vigorosamente. È quasi sperare troppo. Sposare il mio principe nella cappella del palazzo. L'ho vista quando guardavo alla TV il matrimonio di Gabriel e Anna, qualche anno fa. È spettacolosa, un lungo tappeto di velluto rosso, tre organi dorati, statue di marmo e banchi di legno scolpito. Mia madre perderebbe la testa.

«Grazie» dice Dylan. «Accettiamo.»

Squittisco e lo abbraccio. Poi abbraccio anche Anna. «Sono così eccitata!»

Anna ride. «Anch'io! Annunceremo ufficialmente che il principe Dylan si sposerà qui nella cappella della sua famiglia. La copertura mediatica farà bene a tutti. Noi otterremo un mucchio di attenzione su Villroy e le nostre imprese, e voi sulla vostra società, grazie al legame con la famiglia reale. Non credo che ci sia alcun motivo di non far sapere al mondo che sei uno di noi, visto che tutti si sono riconciliati, non credi?»

«Sono d'accordo» dico. «Tutti dovrebbero conoscere i Rourke reali di Brooklyn.»

«Papà?» chiede Dylan. «Tu sei d'accordo?»

Lui sorride. «Certamente.»

Anna si alza e va da sua figlia, prendendola in braccio. Mila comincia ad arrotolare sul dito una ciocca di capelli di Anna. «E mi piace l'idea che avete avuto di inserire parchi e campi gioco nei vostri progetti di sviluppo immobiliare. Forse un giorno Mila giocherà in uno di quelli.»

«Sarebbe meraviglioso!» esclamo.

Dylan mormora il suo assenso con la voce un po' arrochita.

Gabriel e Anna si congedano.

Il signor Rourke fissa Dylan. «Non è un'elemosina accettare una donazione per una buona causa. E non sottovalutare il fascino dei reali, specialmente negli Stati Uniti. Adorano il fatto che una di loro sia una regina.» Mette un braccio intorno a mia madre. «C'è stato un tempo in cui desideravo che fosse tua madre a essere l'amatissima regina americana ma non era destino.»

Interviene Tara. «Daniel se fossi stata la regina, tu avresti dovuto occuparti del Regno. Invece hai potuto essere coinvolto nella vita quotidiana dei nostri figli. Ci siamo divertiti moltissimo.»

Lui la bacia. «È vero, e continuiamo a farlo.»

Dylan e io ci scambiamo un'occhiata divertita. Sappiamo qual è il loro divertimento preferito in soggiorno.

«Noi andiamo a dormire» dice Tara. «Fino a quando resterete qui?»

«Fino a domenica» rispondo.

«Magari torneremo a casa con voi» dice Tara. «Se riuscirò a strapparlo dalla sua nipotina. Un altro nipotino gli darebbe un incentivo per restare a Brooklyn» dice ammiccando.

«È quello il piano» le risponde Dylan.

Lo ringrazio silenziosamente perché non ha divulgato come siamo arrivati a quel piano. Io con la febbre da bebè che gli chiedo il suo sperma. Quasi rabbrividisco a quel ricordo. Dylan è molto più di un perfetto candidato.

Appena se ne vanno i suoi genitori gli dico: «Andiamo a vedere la cappella».

«Certo. Conosco la strada. Ero qui per il matrimonio di Adrian.» Mi prende per mano e usciamo.

«Sei d'accordo su tutto?» gli chiedo. «Il legame pubblico con la famiglia reale, noi che ci sposiamo qui, la donazione per i campi gioco?»

«Sai, penso di sì. Papà sembra aver accettato tutto e questo mi tranquillizza. È lui quello che è stato più ferito dall'esilio e ora sembra essere ancora più vicino alla famiglia reale.»

«È straordinario quante ferite riesca a guarire una bambina.»

«Doveva essere pronto a guarire.»

«È la cosa giusta. Per noi, la nostra impresa, un modo perfetto di progredire.»

«E tutto grazie a te.»

Mi premo una mano sul petto. «A me? Non sono stata io a riunire tutti.»

«Senza di te non ci sarebbe un matrimonio nella cappella del palazzo. Senza di te non ci sarebbero i soldi derivanti da un anello di fidanzamento ridicolmente costoso. Senza di te non ci sarebbe l'amore per ricordare a tutti perché siamo così importanti l'uno per l'altro e per la famiglia.»

Mi getto tra le sue braccia e copro di baci la sua faccia. «Ti amo, ti amo, ti amo. Il mio dolce e romantico principe.»

Lui mi mette le mani sul sedere. «Hai dimenticato di dire sexy.»

Gli rivolgo uno sguardo complice. «È così che è cominciato tutto.»

Dylan mi afferra sollevandomi da terra e facendomi roteare. Squittisco e poi rido, ubriaca di gioia.

Quando arriviamo alla cappella la troviamo chiusa. Dylan non perde tempo, trova una finestra aperta nella parte posteriore ed entra da lì. Poi mi fa entrare dalla porta.

Mi prendo un momento per ammirarla, camminando lentamente lungo il tappeto nel corridoio centrale. Dylan mi raggiunge al centro, sotto il bagliore di un candelabro, mettendomi un braccio intorno alla vita e prendendomi la mano. Balliamo, un lento ondeggiare di calore e amore, uno dei tanti balli che avremo. È il mio ballerino, il mio compagno, il mio amore, il mio principe.

La sua voce è un rombo scuro al mio orecchio. «Dici che mi colpirebbe un fulmine se ti prendessi qui?»

«Sì!» Il mio principe ha in mente una cosa sola.

Mi bacia. «Era un sì a prenderti qui?» I suoi occhi scintillano alla luce tenue mentre sorride malizioso.

Scuoto la testa e poi squittisco quando mi prende in braccio e mi riporta nel corridoio. «E il nostro ballo?»

«Puoi solo aspettarti che ti tenga stretta per poco prima che si svegli la bestia. Ascolta, ho dei piani su di te, una volta chi ti avrò spogliato. Non preoccuparti. È tutto perfettamente normale.»

«Non riesco a credere che tu ricordi tanto di quello che mi avevi detto la prima volta in cui abbiamo fatto sesso. È esattamente quello che avevi detto. Non preoccuparti. È tutto normale.»

«Certo che lo ricordo. Ha girato nella mia mente come un film porno per mesi.»

«Non so esattamente come mi sento sul fatto di essere la protagonista in un tuo porno.»

«Baby. È il tuo posto. Il posto d'onore.» E poi mi illustra con particolari sconci ed espliciti ciò che ha intenzione di farmi.

Nascondo la faccia contro il suo collo quasi dimenandomi per il fuoco di puro desiderio che mi travolge.

«Ah, ti senti timida» dice. «Ti riscalderò a sufficienza da far cadere tutte le tue inibizioni. Ci riesco sempre.»

Gli mordo il collo e lui emette un gemito.

Appena usciamo dalla cappella, mi prende la mano e facciamo una corsa perdifiato fino al palazzo.

Ci precipitiamo nella nostra stanza e in un attimo siamo premuti l'una contro l'altro.

«Ti amo» dico strappandogli la camicia dai pantaloni.

«Io ti adoro» dice strappandomi il vestito di dosso.

«Sono nel tuo cuore» gli dico mentre mi butta sopra una spalla.

«Tu mi preghi.» Mi accarezza il sedere mentre mi porta verso il letto. «Baby, mi piace quando lo fai.»

E qualche momento dopo lo faccio e piace anche a me.

EPILOGO

Due mesi dopo

Dylan

Comincia veramente a piacermi il lusso di volare su un jet privato. Siamo solo io, Ariana, il mio testimone, la sua damigella d'onore e i nostri genitori. Dopo il nostro matrimonio a Villroy, Ariana e io prenderemo il jet per andare in Italia per la nostra luna di miele. Tutti gli altri torneranno a casa con i voli commerciali. Ho detto ai miei fratelli di scegliere quello immediatamente dopo di loro per età come futuro testimone, in modo che nessuno si risentisse. Quando si sposerà, Sean sceglierà Jack e così via. Possono comunque fare da testimoni in ordine di età anche se non sarà quello l'ordine in cui si sposeranno. Beast – Garrett – è troppo giovane, ha ventitré anni, per pensare al matrimonio. Forse un giorno gli farò io da testimone, chiudendo il cerchio.

Siamo atterrati qualche minuto fa e stiamo andando a prendere lo yacht che ci porterà sull'isola. La madre di Ariana non ha smesso un momento di fare fotografie, perfino del biscotto caldo con le gocce di cioccolato che ci hanno servito sul jet. Le sta condividendo sui social media e taggando il nuovo account della Rourke Management che ha creato

Ariana. Tra loro due e la stampa che ha narrato la nostra "vera e propria favola", sono sicuro che non avremo problemi con il passa parola per la Rourke Management.

Una volta scesi sulla pista, mentre aspettiamo i bagagli, sento Sean che parla al telefono. «So che sto vivendo lì. Sono quello che la sta ristrutturando. Nessuno può comprarla per ora.» Pausa. «Capisco, ma... no. Winnie, non mi stai ascoltando.»

Continua così per un po', alzando sempre di più la voce finché sobbalza e fissa il telefono. «Ha riappeso.»

«Ti sta sfrattando?» gli chiedo. Sono mesi che sta ristrutturando la casa della sua ex in cambio dell'affitto gratuito. Può lavorarci solo durante i fine settimana dato che negli altri giorni ha il suo lavoro retribuito.

Indica il suo telefono. «Vuole che mi sbrighi a finire in modo da poterla vendere. Quindi sì, fondamentalmente mi sta sfrattando. Ma non posso andare più in fretta.»

«Puoi fare in fretta o puoi farlo bene» Lo dico proprio come era solito dirlo lo zio Pat ai clienti.

«Esattamente!» Si ficca le dita tra i capelli. «Solo perché il suo fidanzato le sta facendo pressioni. Tutto quello che gli interessa sono i soldi.»

«Devi lasciarla andare» dico. «Restare nella casa dove abitavate insieme vuol dire restare aggrappato a lei.» Ho già cercato di parlargliene in passato. Winnie abita in città con il suo tizio di Wall Street, ma possiede ancora la casa a Brooklyn dove attualmente risiede Sean. L'aveva ereditata dalla nonna.

Sean si infastidisce. «Non sto restando aggrappato a lei. Voglio finire il lavoro e sto cercando una casa nuova. Sul mercato non è ancora apparso niente di buono.»

«Perché vuoi vivere in un quartiere che non ti puoi permettere.»

Lui mi guarda stringendo gli occhi. «Non hai una sposa di cui occuparti?»

Gli do un buffetto sulla spalla e intravedo Ariana che parla con sua madre. La signora Bianchi insiste che la chiami mamma come Ariana, ma non ci riesco. Ariana mi rivolge un sorrisino tirato e sua madre si volta dandomi un'occhiataccia.

Accidenti, Ariana ha confessato. Le avevo detto di aspettare fin dopo la cerimonia.

Vado da lei, le metto un braccio sulle spalle e la tiro vicina. Lascerò che sua madre se la prenda con me questa volta. Non è colpa di Ariana se perde la testa quando la tocco. È solo il mio potente sex appeal. Anche se questa volta lei mi ha praticamente strappato i vestiti di dosso e si è impalata su di me. È ciò che succede quando si porta una ex brava ragazza a vedere la prima proprietà da sviluppare, una vecchia scuola che trasformeremo in uffici, e la si manda nell'ufficio del preside. Non ha resistito.

«È vero» dico. «È incinta. So che è prima del matr...»

«Incinta!» esclama la signora Bianchi, agitando in aria le mani. «Ah! Tara! Vieni a sentire la magnifica notizia!»

Do un'occhiata ad Ariana che scuote la testa. «Dylan, eravamo d'accordo che non l'avremmo detto a nessuno per ora.»

«Di che cosa stavate parlando allora? Tua madre mi ha dato un'occhiataccia, quindi ho pensato che fosse per questo che era arrabbiata. Cercavo di fare in modo che se la prendesse con me!»

Ariana si appoggia al mio fianco. «Le avevo detto che non ti piaceva la *boutonnière* rosa che voleva che indossassi per essere in tinta con il mio bouquet.»

«Oops.»

«Grande oops.»

«Riesci a convincerla a non annunciarlo pubblicamente fin dopo la cerimonia?»

Lei mi dà una pacca sul petto. «Tocca a te. Sei tu quello che ha parlato a sproposito.»

Le sorrido. «Sei tu quella che è stata una vera ragazzaccia.»

Lei mi afferra la maglia per il colletto e mi tira giù per un bacio. «Ne è valsa la pena.»

I nostri genitori discendono su di noi un momento dopo in un turbinio di congratulazioni, baci e abbracci. Ah, la famiglia. Non riesco a immaginarne una migliore cui unirmi. Alla fine, si è scoperto che i Bianchi e i Rourke si mischiano bene.

Ariana

Sono un'autentica principessa che cammina lungo il corridoio della cappella verso il mio principe nel mio sontuoso abito bianco da sposa. Uh-uh, non ditemi che è un principe solo a metà per via del suo sangue borghese. Niente da fare. Il mio uomo è un vero principe ed è mio, tutto mio.

Dovrei essere più nervosa. È un grande passo che il primo Rourke dal lato paterno si stia sposando nella cappella di famiglia. Ci sono telecamere all'interno e una folla di reporter all'esterno. Siamo stati tutti d'accordo che rendere pubblico il nostro matrimonio era un bene per entrambe le famiglie e le imprese. Tutto ciò che mi interessa è sposare l'uomo che è sempre stato nel mio destino.

Mio padre mi scorta dal mio principe e si congratula con entrambi, baciandomi la guancia prima di andare a sedersi accanto a mia madre. Mi guardo alle spalle e vedo che si tengono per mano. Mia madre e quella di Dylan si scambiano un sorriso con gli occhi pieni di lacrime. Hanno ricucito i rapporti. Meno male, perché non avevo nessuna voglia di contrattare i privilegi riguardante i nipotini tra due donne caparbie.

Dylan mi appoggia una mano sulla guancia e mi fissa con i suoi occhi azzurri scintillanti. «Sei bellissima.»

L'emozione mi chiude la gola. «Anche tu» dico con la voce soffocata e una lacrima che scende sulla guancia. «Attraente, volevo dire.»

Dylan mi sorride dolcemente. Vorrei abbracciarlo ma lui si volta verso l'officiante, ed è ora.

Prima di rendermene conto sono la principessa Ariana Rourke. Oh sì, mi hanno dato il titolo. Sono una principessa americana ed è così che mi fa sentire il mio uomo ogni giorno.

Mi bacia, piegandomi sopra il suo braccio e poi tirandomi su di nuovo. Sta recitando per il pubblico. Se fossimo stati solo noi due, sarebbe stato un bacio appassionato e le sue mani sarebbero state dappertutto.

Appena usciamo le luci mi abbagliano quando lampeggiano i flash dei fotografi. «Come ci si sente a far parte di una famiglia reale?» chiede un reporter.

«Mi sento come se fossi appena entrata a far parte di una famiglia meravigliosa.»

«Altri in arrivo» dice Dylan.

«Intende i suoi fratelli?» chiede un altro reporter.

Dylan e io ci scambiamo un'occhiata segreta perché intendevamo che c'è altro in arrivo nella nostra piccola famiglia.

«Tra le altre cose» dice Dylan accompagnandomi alla carrozza trainata da un cavallo per il breve tragitto verso il salone da ballo del palazzo.

La stampa è in fermento riguardo ai suoi fratelli. Chissà, forse anche qualcuno di loro si sposerà qui un giorno.

È un sogno diventato realtà per me. Per entrambi.

Non perdete il prossimo libro della serie *Rogue Gentleman - Sean*, nel quale Sean si ritrova con una coinquilina inaspettata.

Rogue Gentleman - Sean

Josie

Sono un'attrice in attesa di una scrittura e approfitto del divano nella vecchia casa di mia cugina. Non sarà per sempre. Ho appena girato un episodio pilota e, se accetteranno di produrre lo show, partirò per LA e il lavoro dei miei sogni. Solo che non mi aspettavo che il mio coinquilino fosse l'uomo più scontroso sul pianeta. Riesce quasi a farmi dimenticare il suo aspetto rude e sexy. Quasi.

Sean

L'ultima cosa di cui ho bisogno è che una donna si trasferisca nella casa che sto ristrutturando nel tempo libero. Prima di tutto, io vivo qui. Secondo, sono alla frutta mentre cerco di conciliare questa attività con il mio lavoro quotidiano. Non ho tempo per la sua irritante allegria o la distrazione del suo bel corpicino.

E poi Josie decide di "aiutarmi" a ristrutturare la casa, cosa che ovviamente produce solo più lavoro per me. Sto perdendo il senno. Eppure, non so perché, non riesco a smettere di guardarla.

Iscrivetevi alla mia newsletter per non perdervi le nuove uscite: Kyliegilmore.com/ITnewsletter

ALTRI LIBRI DI KYLIE GILMORE

I Rourke - Versione italiana

Royal Catch - Gabriel (Libro No. 1)

Royal Hottie - Phillip (Libro No. 2)

Royal Darling - Emma (Libro No. 3)

Royal Charmer - Lucas (Libro No. 4)

Royal Player - Oscar (Libro No. 5)

Royal Shark - Adrian (Libro No. 6)

Rogue Prince - Dylan (Libro No. 7)

Rogue Gentleman - Sean (Libro No. 8)

Rogue Rascal - Jack (Libro No. 9)

Rogue Angel - Connor (Libro No. 10)

Rogue Devil - Brendan (Libro No. 11)

Rogue Beast - Garrett (Libro No. 12)

L'AUTRICE

Kylie Gilmore è l'autrice Bestseller di USA Today delle serie: I Rourke; The happy endings Book Club; The Clover Park e The Clover Park STUDS. Scrive romanzi rosa umoristici che vi faranno ridere, piangere e allungare le mani per prendere un bel bicchiere d'acqua.

Kylie vive a New York con la sua famiglia, due gatti e un cane picchiatello. Quando non sta scrivendo, tenendo a bada i figli o prendendo debitamente appunti alle conferenze per gli scrittori, potete trovarla a flettere i muscoli per arrivare fino all'armadietto in alto, dove c'è la sua scorta segreta di cioccolato.

Iscrivetevi alla newsletter di Kylie per avere notizie sulle nuove uscite e sulle vendite speciali: kyliegilmore.com/IT-newsletter. Controllate il sito web di Kylie per trovare altra roba divertente: kyliegilmore.com.

www.ingramcontent.com/pod-product-compliance
Lightning Source LLC
Chambersburg PA
CBHW070540100726
47907CB00004B/1203